ASSASSINATO ENTRE NÓS

OITO MULHERES DIFERENTES. UMA COISA EM COMUM: CRIMES GRAVES.

SANDI WALLACE

Tradução por

DANDARA DA SILVA

Publicado em 2021 por Next Chapter

Capa de CoverMint

CONTEÚDOS

ELOGIOS AOS LIVROS DE SANDI WALLACE

"Um procedimento policial belamente escrito, onde os personagens são tão importantes quanto a trama. Capta brilhantemente o impacto da tragédia da pequena cidade, à medida que os investigadores lutam para lidar com a situação, mesmo trabalhando para resolver um crime horrendo".

— CHRIS HAMMER, VENCEDOR DO PRÊMIO UK CWA NEW BLOOD DAGGER POR *SCRUBLANDS*

"Aussie Noir no seu melhor. Mais uma vez, Wallace entrou no gênero de crime rural com um icônico senso de lugar sob uma nuvem negra de ameaça e intriga. Sua série Georgie Harvey e John Franklin apenas fica cada vez melhor".

— B. MICHAEL RADBURN, AUTOR DA SÉRIE *TAYLOR BRIDGES*

"**O melhor de** Sandi Wallace atualmente! Engajada, acelerada e cheia de suspense'.

— KAREN M. DAVIS, EX-DETETIVE DA POLÍCIA DE NSW E AUTORA DA SÉRIE *LEXIE ROGERS*

"Uma reviravolta apaixonante na ameaça do incêndio florestal sob a qual todos os australianos vivem".

— **JAYE FORD, AUTOR PREMIADO DE *DARKEST PLACE***

'Crime rural suspenso, excitante e atmosférico; uma estreia fascinante'.

— **MICHAELA LOBB, SISTERS IN CRIME AUSTRÁLIA**

"Estreia digna".

— ***HERALD SUN***

"O aspecto policial deste romance tem profundidade e credibilidade...esta estreia é incrível".

— **J.M. PEACE, POLICIAL A SERVIÇO DA QLD E AUTOR DO PREMIADO DE *A TIME TO RUN***

"Autêntico e muito bem construído... Estas são histórias que se prolongam, muito depois de lidas".

— **ISOBEL BLACKTHORN, REVISORA, EDUCADORA, EDUCADORA, ROMANCISTA, POETISA**

"Sandi Wallace embala tanto em seus contos de crimes como em seus romances".

— **ELAINE RAPHAEL, LEITOR DO SITE GOODREADS**

POR SANDI WALLACE

Romances de Georgie Harvey & John Franklin

"Diga-me por que"

"Morto de novo"

"Para o nevoeiro"

"Nuvem Negra"

Coleções de histórias curtas

"No trabalho"

"Assassinato Entre Nós"

Contos premiados

"O Bebê Encantador Morre"' *(Scarlet Stiletto: O Décimo Primeiro Corte - 2019)*

"Incêndio no Morro" (*Scarlet Stiletto: O Décimo Corte - 2018*)

"No Flagra" (*Scarlet Stiletto: Oitavo Corte - 2016*)

"Fardo" (*Scarlet Stiletto: O Sexto Corte - 2014*)

"Seda versus Serra" (*Scarlet Stiletto: O quinto corte - 2013*)

Não-ficção

"Escrevendo o Sonho" (autor participante)

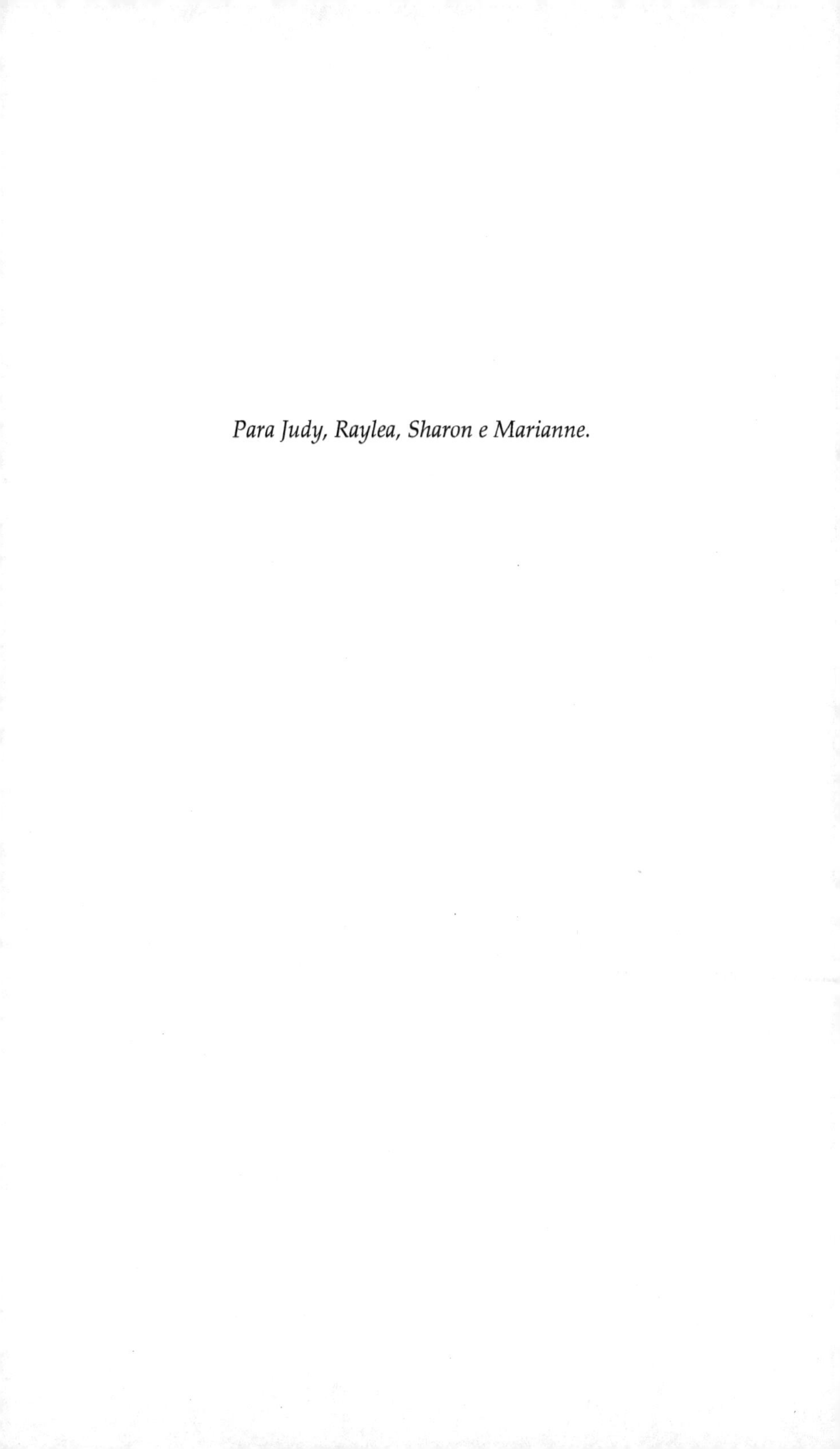

Para Judy, Raylea, Sharon e Marianne.

INCÊNDIO NO MORRO

Vencedor do Prêmio Scarlett Stiletto 2018
Melhor História de Suspense Romântico

Primeira publicação no *Scarlet Stiletto: O Décimo Corte - 2018*

INCÊNDIO NO MORRO

Charlie se aproximou de uma briga no mato. - Alguém em fuga? - Ela fez um gesto para Gavin, fechou um zíper imaginário sobre sua boca e indicou que se espalhasse ao redor de seu caminhão estacionado.

Os sons se tornavam mais altos, mais próximos, sobrepostos por gemidos que faziam os pelos do seu antebraço se arrepiarem. Os dedos dela se fecharam sobre sua arma no coldre. Ela diminuiu o nível de adrenalina e controlou sua respiração, lábios mal separados e dentes filtrando partículas de cinzas e ar quente pungente com óleo de eucalipto queimado. Era errado esperar que o agressor estivesse indo direto para eles e carregando ferimentos - então, novamente, não era.

Olhando o arbusto envolto em uma névoa azul-alaranjada, ela se arrastava para frente. Um coala surgiu, depois congelou, aparentemente atordoado pelos dois humanos.

Charlie soltou um grunhido de surpresa. Seu risinho se transformou em uma tosse e ela pegou a garrafa de água que lhe caía sobre o ombro. Ela tomou um gole, estremeceu, bochechou e cuspiu, enquanto o animal a observava.

- Cinco minutos fora do cooler e já está morno - disse ela ao

Gavin. Mas ainda com a garganta ressequida, ela balançou a cabeça e engoliu mais um pouco da água morna.

Enquanto ela limpava a boca, o coala levantava o rabo e se prendia aos pés, movendo-se como um coelhinho desajeitado. Esticando-se nas patas traseiras, se esticou em direção a garrafa de Charlie com suas patas dianteiras.

Ela se agachou. - Você quer um pouco, amiguinho?

O coala puxou sua garrafa com uma pata e a outra se prendeu ao seu joelho. Charlie pingou água sobre sua boca e nariz preto. Depois do animal ter sugado algumas vezes a água que caía, ela encurvou a mão e a segurou perto do chão em formato de concha até o animal beber de sua palma. Cada vez que ela se levantava, as garras curvadas do coala se apertavam mais e ela continuava a despejar água até que ela esvaziasse sua garrafa e a do Gavin. Quando sua sede se saciou, o coala seguiu seu rumo.

'Novo apelido para você — A domadora de Coalas.'

Se ficasse conhecida como mole, ela perderia sua posição em Howie. Charlie balançou a cabeça. 'Não.'

Os cantos dos olhos verde-acinzentados de Gavin se enrugaram, então ele se tornou sério. 'O que você está pensando?'

Ela falou o que estava em sua mente desde que a sirene de incêndio soou há algumas horas. 'Dois pontos de ignição separados, a cerca de 400 metros de distância um do outro. O rapaz que ligou para o socorro— primeiro para o CFA, depois para nós diretamente, não pelo número de emergência— foi muito específico com os detalhes, mas não quis dar seu nome. Ele é nosso incendiário.'

Ele assentiu.

'Pode ser um cúmplice, mas os incendiários geralmente trabalham sozinhos, a menos que sejam motivados pelo lucro ou estejam escondendo outros crimes—o que parece não se aplicar aqui.'

Gavin abriu a boca, mas foi cortado pelo som do telefone de Charlie: o nome do capitão dos bombeiros Howie estava na tela.

'Neil?

'Seguro, Charlie.'

Ela soltou um suspiro aliviado. Se a tripulação de Neil não tivesse sido tão rápida em conter o incêndio em Shanks Bend, poderia ter queimado por dias ou mais, destruindo milhares de hectares de floresta, pondo em risco as propriedades vizinhas...e talvez a cidade.

Isso fez com que Charlie suspeitasse que o culpado havia ligado imediatamente após acender o fogo. Algum sinal de consciência, ou estava à procura de atenção?

'Vamos terminar aqui. Passe no barracão - digamos, em uma hora?'

Ela prometeu que eles estariam lá.

'Não gosto disso, Charlie.' O rosto de Neil estava amarrotado em sulcos com fuligem. 'Nem um pouco.'

'Você acha que eles o estão aumentando?' Charlie passou uma mão no pescoço, brincando com gavinhas marrom-cobre, úmidas com transpiração.

Neil respondeu com um suspiro enquanto algo caía fortemente atrás dele. Ela olhou por cima do ombro dele, observando um pacote amarelo escurecido na entrada da garagem. Em seguida, ela escaneou pés cobertos por botas e subiu para as calças sujas para pousar em um tronco nu e bronzeado.

Ela desviou os olhos e se fixou novamente no capitão do incêndio. 'Sim, eu também. A distância entre os fogos foi reduzida e eles estão ficando -.'

'Mais perto da cidade' ele terminou.

Charlie fez uma careta. Ela havia amado este pequeno lugar no fim do mundo toda sua vida, embora apenas como uma visitante frequente antes de conseguir seu primeiro posto aqui.

Agora ela adorava liderar a delegacia da polícia que era apenas um pouco menos primitiva do que o galpão de estanho superdimensionado dos bombeiros. Se ela não conseguisse pegar o arrogante incendiário, tudo o que importava estava em risco.

Sem perceber, seu olhar flutuou para o conjunto de ombros largos e bíceps serpenteados com tatuagens pertencentes ao cara atrás do Neil. Ele passou os dedos através de seus cabelos pretos e curtos e conversou facilmente. Charlie conhecia bem a tripulação, mas ela não estava familiarizada com este voluntário.

Ela arrastou as botas na poeira, a mente de volta ao trabalho. 'Vamos precisar do Roger.'

Neil assentiu.

'Tomara que ele não esteja ocupado.'

Ela aceitaria qualquer investigador de incêndio disponível, mas Roger era excepcional, e ele era nascido e criado em Howie. Ele conhecia o problema que a sua pequena cidade teria pela frente se o incendiário continuasse... e essas pessoas nunca paravam voluntariamente.

O capitão disse: 'Faz você desejar que eles nunca tivessem construído Howie no topo do morro, não é mesmo?'

'E que não estivesse rodeado de arbustos.'

Uma risada estrondosa e inoportuna fez com que ela desse uma olhadinha ao novo bombeiro. Ela viu as calças dele se juntarem ao resto de seus equipamentos de proteção. Agora ele não usava nada além de calções de banho. E ele pertencia a um calendário de arrecadação de fundos da Country Fire Authority.

O rádio portátil de Charlie chiou, e o novo cara olhou para o outro lado, sorrindo para o que quer que a substituta de Neil, Pauline, tivesse dito. Sua cabeça inclinada deu a entender que ele havia capturado o olhar fixo de Charlie. Ela foi buscar seu rádio quando Gavin correu para o seu lado. O embaraço dela aumentou. Gavin nunca deixava passar nada - um atributo bom e ruim em seu braço direito.

Ele ainda estava pairando quando ela terminou a chamada de rádio e se concentrou novamente no Neil.

Ela disse, 'Voltaremos para Shanks caso nosso homem volte.'

Ambos os homens acenaram com a cabeça, então Neil abriu passagem para deixar que o cara de calção de banho se juntasse a eles. Ele acenou entre eles. 'Você não foi apresentada a Dylan apropriadamente.'

Durante as apresentações, Charlie apertou a mão do bombeiro alto, esquivando-se de seus olhos azuis profundos, mas sintonizando-se em seu sotaque cadenciado.

'Irlandês?'

'Não, mas quase.' Sua voz ficou alta e baixa.. 'Galês.'

'Ele só está na cidade há algumas semanas.'

O queixo de Gavin se contraiu. Charlie também não gostou da coincidência, mas o capitão era um bom juiz de caráter. Se ele não achou a sobreposição de seus ataques incendiários e da chegada de Dylan Owen suspeita, ela provavelmente também não deveria.

'Trabalha na O'Shaunessy's,' continuou Neil.

Como o maior empregador de Howie, se o vinhedo fechasse, todos estariam em apuros. Isso sustenta a maioria dos outros negócios - mesmo a delegacia polícia poderia acabar abandonada com Charlie, Gavin e os outros com sorte de serem redistribuídos para Wangaratta ou Mansfield- embora cerca de um terço dos que trabalhavam na O'Shaunessy's fossem transitórios; a maioria era de trabalhadores sazonais vindos do exterior.

'A caminho de subir de cargo por lá.'

Dylan concordou, mas foi difícil levá-lo a sério usando apenas calções de banho. Charlie o classificou como um encantador, um mochileiro e que provavelmente já terá partido no Natal.

Ele disse 'Uma semana nos quarenta e apenas o décimo dia de verão - você está preocupado, Capitão?'

A testa de Neil assumiu mais linhas. 'Não está com bom aspecto.'

Uma linha de suor corria pelas costas de Charlie. Quatro

incêndios no mato mais próximo nesse dezembro, nenhum natural - sua primeira temporada como sargento-chefe na Howie e terceira a trabalhar na cidade já era a pior que ela já havia enfrentado.

Dylan falou novamente. 'Vamos todos tomar uma bebida mais tarde. Charlie... te vejo lá?'

Ela se sentiu como um bicho sob uma lupa quando três conjuntos de olhos se voltaram para ela.

Gavin tocou seu ombro e respondeu: 'Nós estaremos lá.'

'Talvez.' Ela sacudiu o ombro para retirar a mão dele. 'Está na hora de ir, Agente Sênior.'

O riso baixo de Dylan os seguiu quando ela e Gavin se dirigiram para o caminhão marcado. Ela se arrependeu de ter mencionado o cargo de Neil, mas não podia desfazê-lo. Se Dylan de cabelos pretos pudesse agraciar um calendário de Bombeiros Gostosos, então Gavin poderia ser sua contraparte loira, e ele estava tão fora dos limites quanto o carismático mosquitinho do fogo em potencial.

Eles retornaram a Shanks Bend em um silêncio tenso quebrado apenas pelos rangidos da suspensão do caminhão, batidas de paus e pedras atingindo a parte inferior e grasnidos feitos pelo rádio da polícia.

A dor de Gavin foi palpável durante o resto de seu turno e Charlie acabou por apaziguá-lo em prol da paz no local de trabalho.

'Vejo você no pub mais tarde, Gav-Man?'

Ela usou o apelido da estação para deixar claro que eles iam como companheiros, mas suspeitou que ele não o percebeu quando sorriu e disse uma hora.

Charlie ansiava por um longo banho, mas as reservas de água da cidade eram críticas. Ela se contentou com um molha-e-ensaboa de noventa segundos e se esfregou debaixo da saída do reservatório de água. Seu cabelo ainda estava infundido com eau de queimada quando ela entrou no The Junction, o único pub de Howie. Talvez tudo o que ela tivesse que fazer era dar uma olhada pelo lugar, farejar o aroma do mato queimado e esperar que o incendiário se entregasse?

Ela riu da ideia idiota e cumprimentou sua amiga Sammi no balcão.

'Gavin pediu o seu de sempre, Char.' A dona do bar sorriu, com suas bochechas formando covinhas e com um brilho nos olhos castanhos cor de nozes. 'Onde posso encontrar um cara assim?'

A onda dela se espalhou pela sala, enquanto um cara de camisa azul e bermudas cargo gastas se meteu perguntando: 'Onde está a casinha da Sheila para mim, senhora?'

'Você quer dizer o banheiro feminino ?' As sobrancelhas de Sammi levantaram.

Com o ponto de vista de sua amiga muito bem provado sobre a qualidade de alguns homens em Howie, Charlie escaneou os rostos e avistou Gavin em uma mesa com dois copos de vinho vazios e uma garrafa de tinto na sua frente. Ela se aproximou e ficou perplexa quando o novo bombeiro se juntou a eles prontamente.

'Bom dia, Dylan.'

Gavin sorriu enquanto apertava a mão do galês. Sua expressão ficou mais reservada, assim como a de Charlie. Mas ela se distraiu com os odores dos dois homens: colônia pós-barba de um cheiro forte e cítrico emanando do pescoço avermelhado de Gavin, e um rum almiscarado de Dylan... sobreposto de fumaça. Não surpreende - todos eles passaram a maior parte do dia em Shanks Bend.

Charlie perdeu uma troca entre os dois homens, e não tinha certeza de como aconteceu, mas de alguma forma, os três acabaram sentados ao redor da mesa, bebericando vinho e planejando suas refeições.

Ela deixou os dois conversarem a maior parte do tempo, sua

mente obcecada com o incendiário. Os ataques estavam se conectando mais rapidamente e chegando cada vez mais perto da cidade. Roger seria capaz de descobrir mais informações através dos locais de incêndio do que ela e Neil, identificando aceleradores e materiais usados e padrões de comportamento que poderiam ajudar Charlie e sua equipe a identificar e prender o infrator. Mas ele estava trabalhando em Rutherglen e não poderia chegar até eles até a hora do almoço de amanhã.

Isso poderia ser tarde demais.

Ela sentiu o puxar dos olhos azuis de Dylan quando ele disse, 'Você está preocupada?'

'Sim.'

Charlie estava dividida. Era antiético compartilhar a investigação policial com um civil e um completo estranho, mas algo nele a tentava. Com a sensação de que eles tinham que agir rapidamente ou enfrentar outro— talvez pior —incêndio, ela se perguntava se uma nova perspectiva poderia ajudar.

Dada a coincidência da chegada deste cara na cidade e o início da onda, ela optou por ser seletiva.

'Não temos nenhuma testemunha ou prova que aponte para alguém - ainda. Mas temos um investigador de incêndio chegando amanhã.'

Dylan acenou com a cabeça e Charlie continuou. 'Gavin e eu batemos em portas de conhecidos incendiários - qualquer um, de fato, que suspeitamos que possa acender fogos.'

Seu braço direito lhe deu um olhar estranho, acrescentando, 'Nós os avisamos de que estão sendo vigiados.'

Os olhos do bombeiro queimaram, mais uma vez atraindo-a. Seu sotaque engrossou os sons de 'r' enquanto ele disse 'Mas se eles não chamaram sua atenção até agora...'

Charlie deu de ombros, cortando o contato visual. Ela notou que o olhar de Gavin estava fixo em Dylan, com um pequeno franzido entre suas sobrancelhas.

Super-protetor, ciumento, ou sentindo algo de estranho sobre o recém-chegado?

Ela bufou sob sua respiração. Diziam que as mulheres podiam ser complicadas e desafiadoras para se trabalhar junto, enquanto os homens eram mais fáceis porque chamavam as coisas pelos seus nomes. Quem quer que *eles* fossem, não tinham trabalhado com Gavin.

Ela precisava de um tempo, pediu licença e se retirou da mesa.

Charlie costurou através da multidão e foi para a varanda da frente do baixo hotel. Na sombra do telhado largo e pontudo, o ar ainda era opressivo - tão quente, imóvel e seco como o resto do dia havia sido. Outra noite de sono impossível. Mas isso já era um fato por haver um incendiário em liberdade.

Eles tinham tão pouco para continuar. Grávida e, na maioria das vezes, presa à mesa na estação, Gemma havia atendido a cada uma das chamadas. A constante avaliada era de que elas foram feitas por um homem entre trinta e cinquenta anos, seu discurso abafado e sotaque difícil de entender. Ele tinha sido apressado e desligou em menos de trinta segundos. O mesmo número: um celular descartável.

Sentindo-se desesperada, Charlie voltou a entrar no pub e ligou para o número. Ela o ouviu tocar em seu aparelho de telefone. Tentada a ouvir um eco em algum lugar da sala. Rostos considerados de choque ou de culpa. Esperava que a chamada tocasse e que nada viesse da experiência. Ficou muito surpresa quando o telefone foi atendido.

O riso cintilante de Sammi veio através da linha aberta e entrou no ouvido descoberto de Charlie.

O incendiário estava aqui.

Ela examinou a sala. Gavin e Dylan estavam em pé, de costas para ela. Sammi e sua equipe praticamente dançavam atrás do bar, servindo e entretendo os frequentadores regulares. Outros clientes enchiam mesas e bancos, jogavam bilhar, apoiavam-se em pilares ou paredes.

A maioria eram homens e muitos seguravam telefones celulares.

Charlie passou o olho pela sala novamente. Tanto Gavin quanto Dylan haviam desaparecido. Dois caras tinham telefones pressionados aos ouvidos. Ela avistou um celular em um parapeito perto da porta dos fundos, sem ninguém perto dele e seu estômago afundou. Ela não precisava rediscar o último número que havia ligado para perceber que tinha estragado a única pista que eles tinham.

Ela disparou de qualquer forma, passou pelo telefone o pegando e saiu pela porta traseira. As únicas pessoas à vista eram um casal fundido, membros, cabelos compridos e torsos entrelaçados.

Ela gritou 'Alguém acabou de sair?'

As mulheres se separaram por tempo suficiente para dizer não.

Charlie correu através do estacionamento, lançando olhares em todas as direções, inclusive sob os veículos. Ela não desistiria até que tivesse verificado a cervejaria e contornado o perímetro, questionando qualquer pessoa à vista. Mas ela sabia que o homem tinha ido embora.

Dois pratos de alimentos estavam esfriando e Charlie estava limpando o dela. Se Dylan e Gavin não voltassem logo, ela daria os deles para as irmãs Beattie; elas eram esqueléticas e sempre vestidas com roupas limpas, mas desbotadas e finas e se beneficiariam de uma alimentação gratuita.

Ela colocou seus talheres em seu prato vazio e se assustou quando uma voz disse, 'Você ainda não vai?'

Dylan.

E ao seu ombro, Gavin. Ambos rindo. Gavin estava segurando um capacete CFA erguido, usando um sorriso pateta.

'Onde você esteve?' Muito ríspida, mas ela poderia ter tido sucesso com a ajuda dele mais cedo.

'Conhecendo Daisy.'

O capacete foi enfiado nas mãos de Charlie e ela viu um filhote cor de creme aninhado dentro do forro, barriga aveludada para cima, subindo e descendo enquanto ele roncava suavemente.

'Minha garotinha.'

Ela deu uma olhada na Dylan. 'Você tem um cachorro?' Parecia irresponsável para um trabalhador transitório.

Ele sorriu. 'O'Shaunessy's está patrocinando meu visto de residente e estudos extras em vinificação.' Ele apontou para sua garrafa do shiraz local. 'Eles me veem assumindo o lugar do meu chefe quando ele se aposentar.' Suas íris azuis a atraíram. 'Estou trabalhando na região há quase um ano. Eu gosto de Howie.'

Seus olhos cintilaram. 'Muito agora. Eu não estou de passagem, Charlie.'

Ele enrolou o 'r' de modo adorável quando disse 'Charlie'. Um solavanco passou na parte inferior da sua barriga. Um zumbido passava em seus nervos quando Dylan a pressionou para acariciar o cachorro adormecido, tornando-a consciente dos músculos duros e marcados de tinta preta de seu braço.

Filhotes, tatuagens e músculos dos braços... e ela tinha um incendiário para pegar.

Irritada consigo mesma, ela começou a empurrar o capacete para ele quando um dos veteranos gritou: 'Fogo na colina!'

Ele apontou.

Todos se aglomeraram para a varanda da frente, mas abriram caminho para Charlie, Gavin e Dylan. Neil apareceu ao lado deles.

Durante alguns segundos, eles olharam para o sinistro brilho laranja no horizonte sombrio. Charlie sentiu os tremores. Ela sentiu o peso retirado de seus braços, ouviu distantemente Sammi dizer: 'Vou levar a Daisy. Vocês, vão.'

A dormência fria cresceu dentro dela quando Neil confirmou seu medo. 'Essa é a casa de Maureen, não é, Charlie?'

Ela gemeu. 'Vó.'

Alguém pegou a mão dela, deu-lhe um leve aperto de mão. Ela reconheceu que era Dylan, seu capacete de bombeiro enfiado debaixo de seu braço, olhos azuis de aço. O gesto a fortificou. Ela fechou os dedos ao redor dos dele, depois soltou o aperto. Saiu em uma corrida para a máquina de quatro rodas marcada, Gavin nos calcanhares dela.

Sobre a luz da sirene de incêndio, pessoas gritando e correndo para os veículos ou para a casa dos bombeiros, Charlie pegou a promessa de Dylan: 'Nos vemos lá.' Ou talvez ela tivesse imaginado isso. Mas mais uma vez, ela sentiu uma explosão lá dentro. Galvanizada, determinada a proteger sua querida avó. Incerta de que ela poderia fazer o mesmo pelos edifícios centenários da fazenda.

Antes de pular no caminhão, ela e Gavin puxaram seus macacões e botas retardadoras de fogo. O restante de seu equipamento de emergência estava dentro, reembalado após os esforços de hoje em Shanks Bend. Entre tudo isso, Gavin chamou seus outros homens - fora de serviço ou não, eles eram necessários.

Ele disse, 'Eu vou dirigir.'

'Não.' Charlie balançou a cabeça. 'Conheço melhor a área.'

Eles poderiam precisar fazer um desvio na estrada ou fora da estrada para desviar de árvores caídas ou detectar incêndios. Ela travou o maxilar, pensando que a sabotagem não era impossível.

'Chame minha avó no meu telefone, Gavin.'

Ele pegou seu celular e rolou. O tom de chamada soou pelo Bluetooth do caminhão, depois a chamada foi conectada.

'Vó?'

'Char? É você?'

'Você está bem?'

'Eu estava fazendo uma leitura depois do chá e adormeci. A

garagem está pegando fogo, Char.' Ela fez uma pausa. *'E a velha leiteria.'*

Embora ela tivesse comemorado recentemente seu septuagésimo oitavo aniversário, a avó era robusta em todos os sentidos. Mas ela parecia assustada, frágil, quando disse: *'Quem...o que são...não.'*

A chamada terminou.

O pulso de Charlie disparou em seus ouvidos.

Ela e Gavin trocaram um olhar atordoado. Não havia palavras para descrever como ela se sentia, e ele a conhecia suficientemente bem para compreendê-la e antecipar seus movimentos.

Charlie dirigia o caminhão tão forte quanto as condições permitiam. Gavin se segurou contra o rolo da carroceria e tentou falar com a avó de Charlie uma segunda vez. Sem sucesso.

Ao entrar na estrada de sua avó, os faróis do caminhão lutaram contra a fumaça cada vez mais espessa. Charlie sentou-se à frente e se esforçou para ver através do para-brisa, enquanto Gavin manteve um comentário constante no rádio ou em seu celular. Ele estava fazendo um bom trabalho.

O portão frontal estava entreaberto. Alguns veículos CFA tinham chegado primeiro que eles. À medida que o caminhão deles desobstruía o cruzamento, os sons sobrepostos das sirenes e as chamas rosnantes eram superados por uma voz assustada na cabeça de Charlie implorando para que a avó estivesse ilesa.

Todas as suas melhores lembranças de infância começaram com seu salto para fora do carro da família para abrir ampla moldura do tubo e o portão de malha. Sua excitação se intensificando ao atravessarem entrada de cascalho, passando pelo pomar, a represa, o cercado frontal com vacas e alpacas.

O arbusto espesso que dividia as cercas superiores de sua avó estavam em chamas e um fogo de pasto separado queimou um caminho que levava à frente da casa. Felizmente, Charlie ajudou a avó a rotacionar todo o estoque na semana passada e os animais pareciam estar a salvo. Por enquanto. A garagem era uma casca queimada; a leiteria pela metade. As chamas lamberam a parede da sala de estar da avó.

Charlie estacionou, saiu do caminhão e pegou seu equipamento. Ela registrou Gavin fazendo o mesmo enquanto ele atualizava as comunicações centrais. Ela viu um bombeiro com equipamento completo acenar e correr até ela. Ela reconheceu o corpo e a marcha de Dylan - ele, um estranho há algumas horas atrás, inexplicavelmente agora era sua tábua de salvação.

Eles correram juntos, suas vozes abafadas por máscaras.

'Algum sinal de minha avó?'

'Não. Mas ainda não estivemos lá dentro.'

Eles pararam ao lado de Neil, fazendo uma pausa para Charlie dizer: 'Vamos dar a volta pela porta dos fundos - tirar Maureen, se ela estiver lá dentro.'

Ele assentiu, e Charlie e Dylan decolaram novamente em uma corrida desajeitada. Ela continuou ruminando a potente mensagem que o incendiário havia enviado hoje à noite. Isto foi mais do que aceleração ou coincidência. Ele havia apontado o ataque para uma pessoa que ela amava e que estava sozinha e vulnerável. Ele tinha a intenção de causar uma destruição significativa. Para matar?

Isto era pessoal para ela e fazia sentido que deveria ser também para ele.

Ela considerou seus ex-namorados e os descartou. Tinha que ser relacionado ao trabalho. Ela passou por nomes e rostos, incidentes recentes e conflitos. Cada incêndio ocorreu perto de Howie, portanto o infrator deve ser um local. E para fazer isso com sua avó — que todos adoravam — ele odiava Charlie.

'Vó! É Char! Onde você está?'

Ela ouviu uma janela quebrar na direção da sala de estar e ganhou velocidade.

Ela e Dylan circularam para longe do fogo e do caos das pessoas se apressando para montar mangueiras e equipamentos. Correndo para a porta dos fundos da propriedade, sua mente não parou de correr. Para que o incendiário tivesse como alvo alguém que ela amava, sua mágoa poderia muito bem ser baseada no relacionamento. A mais acrimoniosa das rupturas no casamento, talvez. Com quem ela se defrontou em uma disputa de custódia? Quem ela atingiu com uma ordem de intervenção? Atirou nas celas para esfriar? Foi instrumental para condenar?

Eles passaram pela lavanderia e ela gritou: 'Vó, você está aí dentro?'

Dylan chegou à porta com tela dois segundos antes de Charlie. Ele a abriu e parecia estar ouvindo e avaliando os perigos.

'Vou entrar. Com minha avó lá dentro–' Charlie empurrou para dentro do puxadinho enquanto acenava com a cabeça atrás de sua máscara.

'Vó?' Sua voz rachou ao ser atingida por uma realização - o incendiário era Ryan Healy.

Healy tinha visto vermelho quando descobriu que sua esposa grávida dormia com o mecânico local. Ele saiu para dirigir — embriagado —, bateu e destruiu o carro de seu vizinho. Charlie havia suspendido sua licença e o acusara de dirigir embriagado e imprudência. O incidente seguinte o viu enfiar um carro emprestado através da cerca da frente da casa de seus sogros, onde agora vivia sua esposa afastada. Charlie também tinha lidado com aquele incidente e ela também tinha sido a única a prendê-lo depois que ele havia sequestrado sua esposa - ou, como ele disse, a *levado para dar uma volta de carro para conversar sobre as coisas*. E Charlie certamente não se tornou sua pessoa favorita quando, posteriormente, lhe entregou uma ordem de restrição.

Em cada uma dessas vezes, Healy tinha ido buscar as chaves do carro, não fósforos. Além de arrastar sua ex para dentro do carro, ele não havia agredido fisicamente ninguém. Charlie não tinha previsto que ele agiria em seguida acendendo uma fogueira. Então, quando os incêndios começaram, no mês seguinte à implosão do mundo de Healy, ela não tinha ligado os pontos.

Ela tinha visto o suficiente. E quando ele pensou que ela o tinha visto no pub, ele tinha visto vermelho novamente e decidiu que seu último suspiro seria dramático e apontado diretamente para o coração de Charlie.

'Vó?'

Dylan a flanqueou, chamando: 'Maureen?'

Um copo de cerveja quase vazio e um romance abandonado ao lado da cadeira de leitura preferida da avó estavam na sala. Foi aqui que ela deve ter adormecido, sem perceber o fogo que se acendia ao seu redor. Mas a avó não estava lá, ou na lavanderia e banheiro adjacente.

Charlie se dirigiu para a porta apainelada que separa a sala e a cozinha. Dylan disse algo que não conseguia ouvir, e ela balançou a porta e pisou sobre a soleira. Ela gritou com um golpe forte na parte superior do capacete, depois no ombro direito.

Os braços de Dylan envolveram-na, seu corpo protegendo-a enquanto ele a carregava para um lugar seguro. Charlie se soltou, pronta para jogar Healy no chão e exigir que ele lhe dissesse onde estava sua avó.

Não havia mais ninguém na cozinha.

Charlie olhou fixamente para os pedaço de madeira e corda espalhados perto da porta. 'Ele armou uma armadilha.'

O capacete de Dylan se moveu em um aceno de cabeça.

'Mas a julgar por isso, ele provavelmente só queria nos atrasar.'

'Sim. Embora tivesse doído mais sem isso.' Ele tocou a borda do capacete dela.

Charlie disse: 'Ela não está aqui.'

'Fiquem juntos enquanto procuramos.'

'Não, sim... o que quero dizer é que acho que sua avó não está em casa, mas sim, temos que ter certeza.'

Eles revistaram o banheiro e os quartos enquanto Charlie resumia sua teoria sobre Healy. Só restava um quarto.

A torrente de água batendo no telhado de lata e as batidas entorpecentes enquanto ela se espalhava contra o revestimento de tábuas de madeira lhe deu esperança de que os bombeiros pudessem salvar a casa de sua avó. Mas a fumaça se espalhava sob a porta fechada da sala de estar. O estômago dela afundou quando um som de whoosh tomou conta do crepitar - o fogo tinha se apoderado de algo lá dentro. Se sua avó estivesse lá dentro, ela seria dominada pela fumaça.

'Minha vez'. Dylan forçou o contato visual através de seus escudos protetores. 'Meu trabalho.'

Ela se afastou para deixá-lo assumir a liderança. Ele abriu uma brecha da porta, e o calor, o barulho e a fumaça a agrediram em todos os sentidos. Mas, uma vez que eles tinham entrado mais calmamente, Charlie soltou o fôlego. Foi melhor do que ela esperava. O fogo foi contido até as cortinas e um único forro de parede. Água, cinzas, madeira queimada e fragmentos de vidro espalhados pelas tábuas de madeira dura estavam confinados em sua maioria a uma área.

Verificação minuciosa. Nada da avó.

De onde eles estavam, Charlie olhou para a parte de trás da fazenda e tinha uma vista de 180 graus da propriedade. Ela podia ver uma massa crescente de aparelhos CFA e bombeiros uniformizados trabalhando duro para controlar o fogo. Ela se arrastou para o ar, agradecida por ter tirado o capacete e a proteção de face, e seguiu ao lado de Dylan em sua conversa com Neil.

'Então, você está ganhando lá embaixo?' Ele ouviu o capitão dos bombeiros e deu um aceno de cabeça a Charlie. 'Vamos continuar procurando por Maureen.'

Ele desligou. 'A menos que o vento mude, eles esperam

controlá-lo em breve.' Apontando para um grupo de homens e mulheres civis que controlavam um foco nos limites da propriedade, ele acrescentou: 'Sua avó tem bons vizinhos.'

'Sim, ela tem.' A voz de Charlie estava rouca. Era tudo inútil se eles não conseguissem salvar sua avó.

Ela fez uma varredura por cima da cena e falou novamente. 'Não torne isso óbvio...mas verifique o cume atrás de mim. O que você pode ver?'

Os olhos de Dylan escanearam por sobre a colina. Ela respirou quando a mandíbula dele se afrouxou.

'Um veículo estacionado. Alguém dentro... não, duas pessoas. Como -?'

Ela agarrou o cotovelo dele. 'Minha avó?'

'Não sei dizer.'

'Descreva o –'

'Grade do radiador cromada. De cor creme ou bege.'

'Um velho utilitário Holden?'

Ele mal tinha assentido antes de Charlie começar a andar.

'Acho que Healy está lá em cima, com minha avó, no carro dela. Vamos contornar e nos esgueirar por trás.'

Ela queria correr, mas não podia correr o risco de assustar o Healy. Sua respiração estava acelerada, o medo por sua avó tornava difícil encher seus pulmões. A presença de Dylan a seu lado ajudou. O braço dele escorregando ao redor dos ombros dela por alguns segundos também.

Charlie telefonou para Gavin quando eles rodeavam as ruínas da cabana original, fora da vista do carro estacionado. Gavin e seu policial magricela Wes partiriam imediatamente, mas ela não podia esperar pelo apoio deles. Só Deus sabe o que Healy poderia fazer com sua avó.

Ela murmurou *'silêncio'* para Dylan enquanto eles entravam num espesso caminho de mato. Eles escolheriam seu caminho, tendo cuidado para não pisar no lixo seco e fazer barulho. Perto o suficiente para ouvir a voz de um homem — o tom defensivo de coitadinho que Healy havia usado em seus recentes encontros — e as interjeições ocasionais de sua avó.

Charlie se agachou, Dylan copiou, e eles deslizaram para cima do carro. A visão de uma lata de gasolina do lado de fora da porta do motorista fez seu coração bater mais forte. O fedor da gasolina atingindo suas narinas a deixou enjoada até o fundo do estômago.

A temperatura ainda estava quase nos 30 graus, e a grama aqui estava na altura da panturrilha e era seca e crocante. Se a cabine do carro ou seus ocupantes estivessem molhados em combustível, uma faísca seria mortal. Charlie sacou sua arma, mas não podia arriscar usá-la...ou deixar Healy virar a ignição.

Ela fez um gesto para Dylan e eles correram para cada lado do veículo.

Ela gritou: 'Mãos para cima, Healy! Não faça nada estúpido!'

Healy se virou em direção à sua voz. Ela vacilou quando sua mão esquerda se arqueou pelo ar, seu polegar no botão de um isqueiro e quase tocou a roda de ignição.

'Afastem-se ou vamos todos pelos ares!'

Dylan tinha aberto a porta do passageiro, mas a avó estava inclinada para longe dele. Seu rosto foi emoldurado pelo braço erguido do Healy. Pálido e sombrio, foi preciso então um conjunto determinado. Ela cortou a mão na base do polegar do Healy. O aperto dele no isqueiro se soltou e ela o tirou.

A avó olhou fixamente para ele. 'Pelo amor de Deus, Ryan.'

Charlie observava, atordoada - também temia que qualquer movimento fosse catastrófico.

'Você me disse antes que nunca quis que nada disso acontecesse. Você nunca teve a intenção de começar a acender fogos, mas estava sofrendo e queria deixar isso sair. Você foi dirigir e lá estava seu isqueiro.'

Avó colocou uma mão sobre a do Healy, que havia caído para embrear o volante. 'Você me disse que lamentava.'

Charlie se esticou através da janela aberta e retirou a chave da ignição. Ela soltou lentamente a porta do Healy e disse: 'Pronto para sair?'

Ele assentiu e tropeçou para fora do carro, levantando as mãos acima de sua cabeça.

'Bom homem.' Ela o revistou, o algemou e quando suas pernas cederam, o ajudou a sentar-se no chão, de costas contra uma árvore.

Depois que ele se recuperou, ela o levou até Dylan e a avó.

Dylan estava se apresentando e ele ainda segurava a mão de sua avó. Ele baixou sua voz, soando mais galês do que nunca ao dizer: 'Espero te encontrar mais vezes, Maureen.'

Seus olhos, azuis profundos e cintilantes, se voltaram para Charlie. 'E você -?'

Ela absorveu suas características robustas, seu equipamento cheio de fuligem e sua expressão esperançosa, porém insegura.

Passaram algumas batidas, então ela disse: 'Talvez - eu gosto da Daisy.'

Seu rosto caiu, e ela riu, dando-lhe um piscar de olhos lento.

O BEBÊ ENCANTADOR MORRE

Vencedor do Prêmio Scarlet Stiletto 2019
Melhor História de Suspense Romântica

Primeira publicação no *Scarlet Stiletto: O Décimo Primeiro Corte - 2019*

O BEBÊ ENCANTADOR MORRE

Ele a tinha pressionada contra a parede, as calças dele em torno dos tornozelos. Uma mão prendeu os braços dela acima da cabeça e a outra lhe segurava no traseiro. A série de impulsos rápidos não deixou dúvidas sobre o que ele estava fazendo, e que a coisinha mais jovem com que ele estava fazendo isso não era sua esposa. Nem mesmo a coisa mais nova com quem ele tinha feito a dança na semana passada. Ele estava acabado e uma vez que eu fizesse meu relatório para sua esposa, isso seria o ponto final neste arquivo.

Eu passei um minuto sonhando acordada. Com alguma sorte, hoje eu conseguiria outro caso - algo emocionante. Eu deveria ter tocado na madeira.

'Mickey!'

Fui até o escritório do chefe e arqueei minhas sobrancelhas quando vi um cara jovem em uma das poltronas.

Kurt entregou um arquivo.

'Trabalho prioritário. E o novato vai acompanhá-la e ver como é feito.' Ele apontou. 'Andre Marchese, conheça Mickey Fox. Ela é minha melhor investigadora.' Uma pausa, então ele acrescentou, 'Surpreendente, realmente.'

'Porque sou mulher?'

Ele não quis dizer isso, e Kurt e eu trocamos sorrisos. Os olhos do novato voaram para a minha cadeira de rodas.

'Sigam-me.'

Eu levantei um dedo e o conduzi ao meu pequeno escritório. Na minha mesa, folheei o arquivo, tomei notas e liguei informações chave no aplicativo do caso, enquanto Andre se endireitava e observava, uma espécie de espanto em seus olhos. Nada do que eu tinha feito até agora o justificava, mas eu curti.

'Como você se envolveu nisso?'

'Eu queria me juntar à polícia. Falhei no teste físico.' Eu gesticulei para o meu corpo, zombando da descrença.

Ele se babou.

'De qualquer forma, eu amo isso.' Respondendo à mesma pergunta, eu acrescentei: 'Este é o seu trabalho dos seus sonhos? Ou um trampolim?'

Andre levantou as mãos. 'Trabalho de sonho. Estranho ou não?'

'Isso seria um caso de sujo e mal lavado, não seria?' Afastei-me da mesa. 'Nossa primeira parada é a alguns quarteirões de distância. Vamos a pé.'

Ele ficou vermelho.

'Você precisa relaxar, Andre.' Um sorriso amoleceu minhas palavras e pude ver que ele tinha mais perguntas, mas Kurt deu ênfase no quão urgente este trabalho era, então elas teriam que esperar.

As portas de correr automáticas se fecharam atrás de nós enquanto saímos da sede. Seguimos pela calçada, o calor pulsando do concreto ao nosso redor, e eu fazendo uma má interpretação do refrão de *Wanted Dead or Alive*, com ênfase extra no parte referente ao *cavalo de aço*. O rodopio de minhas rodas me fez lembrar de um relógio girando e que Andre estava ao meu lado para uma experiência prática.

Eu acelerei meu ritmo e o informei sobre o caso.

'Nosso alvo é um advogado de litígio comercial.' Eu nomeei a firma; uma das seis grandes de Melbourne. 'Praticamente todos os que trabalham contra o relógio almoçam às 13h00. Então,' verifiquei o horário, 'temos sete minutos para nos posicionarmos.'

Ele assentiu, e nós nos apressamos, passando pela extensão de mármore do foyer do arranha-céus e do elevador até o décimo andar, chegando lá com dois minutos de sobra.

Andre sussurrou: 'E agora?'

Eu lhe mostrei uma imagem no meu telefone rapidamente e ele entendeu. Fazendo conversa ociosa, eu olhava para a esquerda e ele para a direita, escaneando rostos à medida que os funcionários se espalhavam pela recepção. Só tínhamos que esperar que Erica Vaucluse não fosse daquelas que traz marmita ou estivesse em um daqueles famosos almoços longos, líquidos, de advogado.

Ele murmurou '*ela está chegando*'.

Pisquei em agradecimento, desviei meu peso para torcer as rodas da minha cadeira e dei-lhes um forte empurrão com ambas as mãos, chamando um alegre: 'Erica!'

Ela sorriu automaticamente, parando o tempo suficiente para eu rolar para frente, extrair um envelope grande e empurrá-lo em suas mãos. 'Erica Vaucluse. Você foi intimada.'

Eu esperava um desafio maior vindo de uma advogada litigante e me senti um pouco dilacerada. Antecipando que ela iria compensar com uma reação brusca, eu recuei, aderindo à regra de ouro de Kurt de *nunca tirar seus olhos do seu alvo*.

Mas nada aconteceu. Ela não me amaldiçoou, chorou ou ameaçou. Apenas usou uma unha bem polida e bem cuidada para cortar o envelope. Se meus olhos não estivessem presos ao seu rosto quando ela retirou a intimação e escaneou a primeira página, eu teria perdido a sua pele empalidecer sob sua camada de base bege dourada e seus olhos vidrados. Sua postura mais do que guardada. *Temerosa?*

Isso me deu um choque. Um caso era um caso e não era meu lugar me envolver pessoalmente. Porém — e eu nunca admitiria isto — eu gostava de pensar que éramos contratados pelos caras legais e trabalhávamos do lado certo do bem, sustentando o alto moral e todo aquele jazz.

Não havia dúvidas, no entanto. A resposta de Erica Vaucluse a ser intimada me pareceu genuína, embora comedida, como alarme. E enquanto os saltos de quatro polegadas batiam no chão ladrilhado enquanto ela se retirava para o escritório, seu corpo era mantido tenso dentro de seu terninho preto clássico.

Depois disso, Andre e eu tivemos tempo para matar. Sugeri um dos meus cafés favoritos e pegamos uma mesa no lado sombreado do Centre Place, em uma calçada tão estreita que a roda direita da minha cadeira se equilibrava precariamente na borda. Mergulhei na mistura eclética de moradores locais e turistas, arte de rua grunge cobrindo as paredes e as portas de rolo, e um artista de rua que conseguia cantar, tocar um violão e usar seu pé com meia para tocar um meio-tamborim, tudo de uma só vez. Uma brisa agitava o ar quente, batendo minha túnica contra minha pele num ritmo suave.

Mas meus pensamentos reverteram para a Erica. A preocupação com o bem-estar do meu alvo veio com uma dose de culpa por quebrar o código dos IPs. Pelo menos ainda não tínhamos terminado o processo, então eu podia legitimamente saber como as coisas estavam.

O pedaço de uma caneca em cima da mesa chamou minha atenção. André fixou seus olhos nos meus, fazendo-me pensar no café torrado escuro que tínhamos acabado de consumir. Suas pontas dos dedos brincavam com a barba bem-feita em sua linha da mandíbula.

Senti sua pergunta antes que ela chegasse.

'Como você -?' ele não seguiu em frente.

Todo esse preparo e ele não pôde fazer isso.

Toquei o braço da minha cadeira. 'Como eu e BJ nos juntamos, você quis dizer?'

Ele acenou com a cabeça.

'Acidente de carro quando eu tinha dezesseis anos.'

Sua expressão foi nítida; eu o ajudei a lidar com aquilo.

'Nove anos atrás.' Eu estendi minhas mãos. 'Meu pai estava dirigindo. Eu estava no banco do passageiro. Batida de frente, motor, painel, airbag, minhas pernas...' Ao meu movimento de compactação, ele estremeceu.

Houve uma pausa, então ele disse, tentado: 'E seu pai?'

Levantei minhas mãos, depois deixei-as cair.

'Fisicamente, muito bem. Torcicolo por cerca de seis meses e um ombro problemático desde então. Mas mentalmente, bem, ele nunca se perdoou, embora não tenha sido o culpado e eu nunca o culpei.'

Eu dei de ombros e não conversamos por um tempo. Feliz por ter acabado com as perguntas sobre a minha deficiência, acrescentei a hora, data e local de atendimento ao arquivo da Vaucluse no aplicativo do caso. Andre balançou a cabeça levemente para as músicas do artista de rua.

Quando eu guardei meu telefone e meu tablet, ele estava me dando outro olhar estranho.

'O que está em sua mente?'

'Não é difícil fazer o trabalho com...' ele hesitou, depois inventou, 'BJ,' visivelmente satisfeito por pensar em algo diferente de *uma cadeira de rodas*.

'Nah. É um grande disfarce. As pessoas não notam a mulher na cadeira de rodas, apenas a cadeira.' Ele se encolheu e eu ri. 'É um fato.'

Por um momento, deixei cair a guarda e falei sério.

'As perseguições a pé são obviamente um problema, mas minha Honda é modificada, BJ tem a maioria das características das cadeiras esportivas de elite, e o transporte público é manejável. Além disso, a maior parte do nosso trabalho exige inteligência ao invés do poder das pernas.'

Ele se agarrou às minhas palavras, assentindo repetidamente. Tive que aliviar as coisas de novo.

Flexionando, depois endireitando meu braço esquerdo nu, eu ostentei os músculos definidos do ombro ao pulso. 'Agora, sem a força da parte superior do meu corpo, eu seria péssima como uma IP.'

Quando eu ri de novo, ele se juntou a mim. Aliviada, dei um toque em meu relógio. 'Hora de se preparar a segunda rodada: vigilância.'

A resposta de Andre me deu um vislumbre de como ele tinha sido na escola: o estudante da primeira fila com a mão levantada para responder a cada pergunta. Ele saltou de seu assento e pagou a conta enquanto eu fazia um belo 180. Voltamos à sede, enquanto ele disparava mais coisas em sua mente.

'Quem é nosso cliente? Somos frequentemente contratados para serviços de processo *e* vigilância? O que esperamos ver?'

Boas perguntas para um novato.

Eu respondi em ordem.

'O prestes a ser ex-marido do alvo — eu mencionei que ele usou um dos nossos para entregar seus papéis de divórcio na semana passada? Não com frequência, mas já lidei com um pouco de ambos. Presumivelmente saberemos quando o virmos — meu palpite é que ele está apertando os botões dela de todas as maneiras para garantir que o acordo vá a seu favor.'

'Do amor ao ódio,' murmurou ele.

Nesse momento, uma criança gritou até que seu rosto se tronou um tomate uivante. Resposta suficiente.

'Isso é meu.' Andre apontou para um modelo mais antigo, Suzuki Swift. 'Poderíamos usá-lo em vez de pegar o seu?'

Seu tom era incerto, mas eu pulei para dentro. 'Faz sentido.'

Era adequadamente desinteressante para nossas necessidades. E não era o pior carro para se entrar ou sair. Mas meu espaço na cabeça ficou lotado com a logística. Com nove anos de experiência, eu podia dobrar e guardar BJ no porta-malas em menos de um minuto. A subsequente caminhada de caranguejo para a cabine era algo que eu preferia fazer sem um público, mas isso nunca me impediu.

Andre sugeriu a opção ao me dirigir ao lado do carro.

Fechando, notei um amassadinho e dois arranhões na pintura azul que eu faria questão de não aumentar.

Uma vez que ele tinha aberto a porta do passageiro, calculei os melhores pontos para eu agarrar. Eu travei o freio de BJ, em seguida, fiz um laço com minhas mãos em torno de um joelho e uma coxa para levantar o pé da placa e baixar cada perna. Discretamente, meus dedos cavaram através de minhas calças para pegar meus paquímetros. Em seguida, ajustei meus ombros, mãos e tronco para o processo de me içar até a borda do assento e me agarrar ao carro.

Tudo resolvido, até que André enfiou um braço em volta da minha cintura e me tirou de BJ.

'Eu te ajudo.'

Claro, ele pensou que sim, mas a ação inesperada me levou a balançar. *'Eu não preciso de ajuda'* subiu até a ponta da língua, mas engoli a réplica. Ainda estávamos unidos em um aperto desajeitado, mas eu fiz uma rotação desajeitada e pousei fortemente no assento. Meu rosto aqueceu, e ele parecia igualmente mortificado.

'Deixe isso comigo da próxima vez.'

Ele assentiu e levou a cadeira para longe. Ao ouvi-lo lutar para colocar BJ no porta-malas, encolhi-me ainda mais fundo no assento.

Ele se sentou atrás do volante. 'Hmm...' Seu rosto corado me fez rir.

Eu tentei explicar. 'Qualquer pessoa que olhasse através do para-brisas agora mesmo veria duas pessoas de cara vermelha olhando para cima. Eles pensariam que temos alguma coisa e que estávamos discutindo por algo idiota.'

Ele explodiu em gargalhadas. 'Nunca há um momento monótono com você, Mickey.'

Coloquei uma mão no peito e brinquei: 'Vou tomar isso como um elogio, eu acho...'

'Você deve.'

Nosso olhar se encontrou, depois se separou enquanto ele disparava a ignição. 'Para onde?'

Ele seguiu minhas instruções para o estacionamento sob o prédio do escritório do nosso alvo. Ao som do zumbido do motor em funcionamento, observamos a saída da faixa de rodagem.

'Ela dirige um Audi SQ5 SUV cinzento-pérola de cinco portas.' Recitei o registro do carro.

'Ela tende a sair entre 17h00 e 17h30 - algumas exceções, como quando ela está em julgamento. Seu ditafone recebe um treino em sua viagem de volta para Park Orchards, e depois do chá com suas duas filhas, ela passa várias horas a mais em seu escritório em casa.'

'Pena que ela precise dormir, ou ela poderia trabalhar 24 horas por dia, 7 dias por semana. - Andre fez uma careta.'

'Ela sai algumas noites por semana.' Combinei com sua expressão. 'Aparentemente isso é tão pouco excitante quanto o resto de seu tempo, mas talvez tenhamos sorte. Seu futuro ex-marido' deve estar contando com isso.'

Alguns carros saíram do estacionamento durante os trinta minutos seguintes, enquanto uma massa de pessoal de apoio saiu da entrada principal e correu para o transporte público. Eu me perguntava como Erica Vaucluse havia disputado o horário de expediente familiar e uma parceria de equidade, imaginando que ela deve ser muito boa em seu trabalho.

'Vamos esperar mais dez minutos.'

Eu usei cinco desses minutos para fazer uma investigação dos nomes que eu tinha vislumbrado na intimação: Orbolt Holdings e McLeod-Dixon Enterprises.

De acordo com a web, a OH era uma empresa especializada em propriedade, fiscal e ambiental - seja lá o que isso significasse - enquanto a MDE se dedicava à pesquisa e tecnologia. A partir daí, parecia opaco, se não suspeito, e minha mente vagueou em que tipo de negócio eles se envolveram e como Vaucluse e Vaucluse se associaram.

Depois de mais dois minutos, descobri que nosso cliente estava na diretoria da OH e que ele era advogado de propriedade de uma outra firma da Collins Street.

Desperdicei o resto dos dez minutos me debatendo com as lacunas sobre sua esposa e desejando ter visto o cronograma anexo ao Formulário 42C especificando que provas ela tinha que dar e produzir no próximo julgamento da Suprema Corte, e especulando sobre o porquê disso, potencialmente combinado com os recentes papéis do divórcio, a assustou.

O pouco que eu havia descoberto até agora apontava para grandes quantias de dinheiro e jogadores poderosos. Para estar onde estava na escada dos advogados, Erica Vaucluse evidentemente sabia como jogar com ambos. Mas no tempo que levou para Andre me deixar com BJ fora do meu apartamento no andar térreo em Balaclava, eu pensei se isto estava em uma liga totalmente diferente - se ela estava em perigo físico.

Enquanto eu me trocava e aplicava uma camada de batom e rímel, meus pensamentos se contorciam. Talvez Andre tivesse acertado na mosca com a história "Do *amor ao ódio*". Seu marido estava preparado para dar tudo de si, inclusive amarrar Erica em um litígio corporativo. Se ele a odiasse com a mesma paixão com que um dia a amou, ele poderia ser extremamente perigoso.

Durante minha viagem a Montmorency, não pude deixar de imaginar quão longe ele poderia ir.

O local era ao lado de uma hamburgueria na extremidade superior da Were Street. Raízes de eucaliptos enormes tinham afivelado o betume do estacionamento pelas traseiras, e minha Honda pulou por cima de rampas e lombadas enquanto eu me dirigia para um recanto no canto mais distante, cercada de arbustos nativos frondosos. Uma boa posição para observar, mas não ser notada, se necessário. Entretanto, eu pretendia antecipar o alvo e esperar por ela lá dentro. Quem procurava uma cauda esperava que ela a seguisse, não que a conduzisse.

Antes de desembarcar, puxei meu celular. 'Relatório da situação?'

'O alvo voltou para casa há vinte minutos. Não apareceu desde então.'

Andre parecia entusiasmado e trouxe de volta lembranças do meu primeiro trabalho de vigilância, por isso eu o incentivei. 'O que mais você pode relatar?'

'Hm. - Ele parou, então eu ouvi o estalar de seus dedos. *'Ela estacionou na entrada— rapaz, como é íngreme—não dentro da garagem dupla anexa. Eu presumo -'*

Eu pigarreei e se ele corrigiu: *'Embora possa ser que o outro carro esteja no seu caminho, isto* pode *significar que ela planeja sair novamente.'*

'Bom.'

Era uma quinta-feira, uma das noites em que ela frequentava o Smokey Sax, e teria sido uma grande decepção se ela tivesse ficado em casa. É claro que ela já havia se desviado de sua rotina habitual ao sair tarde do escritório, de modo que Andre poderia acabar a acompanhá-la para um local totalmente diferente, deixando-me para pôr a conversa em dia.

Ponderei sobre o outro carro, mas nunca tive a oportunidade de perguntar.

Depois que desligamos, eu extraí minha chave da ignição. Se eu fosse Erica Vaucluse, intimada com papéis de divórcio na semana passada e uma intimação da Suprema Corte hoje, eu definitivamente iria para meu lugar feliz. E pelo arquivo que Kurt tinha fornecido, o Smokey Sax era o dela.

Hoje havia sido um bom dia até agora, e eu me senti com sorte. Mais me enganam. Então eu entrei.

Apesar de seu nome, eu não estava esperando paredes de tijolo vermelho, cortinas de veludo, lustres ou retratos ornamentados com grandes figuras de jazz no teto. O microfone retrô no palco central frente a uma pista de dança quadrada e a barra brilhante adjacente que remontava aos anos 20 também me pegou de surpresa.

Quem sabia que Monty tinha um lugar como este?

Quando uma loira deslumbrante com um vestido prateado

que ia até o chão e mostrava uma fenda aberta até sua coxa foi até o microfone, a resposta foi obviamente poucas pessoas. Elas deram uma rodada de aplausos entusiásticos, então ela começou. Sua voz rouca fez cócegas nos cabelos finos do meu antebraço enquanto eu me acomodava em uma cabine no canto de trás com uma vista desimpedida da sala.

Andre telefonou duas vezes, a segunda para dizer: *'Ela está estacionando agora.'*

Eu fiquei nervosa. Queria tomar um martini, embora nunca tivesse bebido um em minha vida. Brinquei com o menu de coquetel, depois o usei para esconder meus olhos seguindo Erica quando ela apareceu, vestida como se estivesse no escritório. Eu escondi meu mal-estar quando ela escolheu sentar-se na mesa redonda de madeira ao lado da minha.

Andre apareceu cerca de trinta segundos depois. Enviei olhares a ele, vi-o parar e procurar uma mulher em uma cadeira de rodas. Depois de uma varredura da sala, seu olhar voltou para mim. Impressionante. Particularmente porque eu havia abandonado BJ para o passeio em favor das muletas escondidas no canto, mudei para uma roupa mais noturna, soltei meu cabelo de seu rabo de cavalo e o penteei sobre meu ombro direito.

Ele também trocou de calça jeans por calças pretas, camisa de manga curta por um modelo de manga fina, listrada de branco e azul, e ele aplicou algum produto em seus cabelos pretos. Bonito em sua roupa de dia; chamativo agora Legal, porque Erica provavelmente o consideraria dois caras diferentes.

Andre estava na metade da sala quando tomei outro susto. Eu reconheci o cara atrás dele. Mas por que ele estava aqui, e foi por acaso ou por acordo? E ele estava ciente do que Andre estava fazendo? Ou de mim?

O recém-chegado não prestou atenção a nenhum de nós. Ele cobriu o espaço desde a entrada até a mesa da Erica, exalando uma personalidade assertiva a cada passo.

Eu cumprimentei Andre, que se juntou a mim no banco

almofadado da cabine. Segurando um dedo discreto em meus lábios, observei secretamente a Erica.

O incômodo passou pelo rosto dela. 'Você deixou as meninas com a babá?' Ela pegou sua bolsa, parecendo preparada para partir. 'Não posso acreditar que você me invadiria no meu tempo livre.'

Sua reação me pareceu um pouco afetada.

Bem, a mulher é uma advogada. Fingida *por profissão.*

'Deixe-me pagar-lhe uma bebida, Erica.'

'Por que eu faria isso?'

Eu indiquei para o homem e murmurei para Andre: 'Esse é nosso cliente.' Ele alargou seus olhos.

Seu marido disse: 'Uma homenagem ao passado.'

Sua resposta foi um suspiro e um aceno de cabeça. Ela brincou com o fecho dourado em sua bolsa até que ele voltou com um par de coquetéis, rosa suave sob uma camada de espuma cremosa.

'Pink Lady - você costumava adorá-las, certo?'

'Eu também costumava *te* adorar, William.' Eles tomavam goles, cada um olhando o outro sobre as bordas de seus óculos, então Erica acrescentou: 'Mas eu não vejo nenhuma das qualidades que eu amava em você agora.'

Sua resposta de classe foi: 'Igualmente.'

Em sua longa e estranha pausa, perguntei ao Andre: 'Então, foi complicado para você sair hoje à noite?' Não soou tão indiferente como eu esperava.

Ele sorriu. 'Não. Solteiro e vivo sozinho. Você?'

'O mesmo. Nem mesmo um gato - estou considerando adotar um, no entanto.'

Continuamos uma conversa desconexa e estranhamente reveladora nos frequentes silêncios que pontuavam a troca quebradiça e amarga da mesa ao nosso lado, até que Erica deu um suspiro exasperado. Ela se afastou de seu marido e nossos olhos se conectaram brevemente. Eu respirei rápido, foi por pouco. Uma segunda vez, mesmo sem BJ, e ela talvez se lembre de nossa reunião de hoje cedo.

Curvei-me em direção ao Andre e sussurrei: 'Finja que estamos namorando.'

Ele se deslocou de modo que nossos ombros se tocaram. Seus aromas sutis de canela e linho fresco eram inebriantes.

Suavemente, ele disse: 'Você pode?' Ainda mais baixo, ele acrescentou, 'Ficar comigo?'

A rouquidão em sua voz me disse que sua pergunta não era simples curiosidade. Nós não estávamos fingindo aqui.

Eu dei um pequeno aceno de cabeça. 'Minhas pernas estão, na maioria das vezes, dormentes e não funcionam, mas eu não estou morta na cintura.' Depois revelei algo que nunca havia compartilhado com ninguém - sempre pensei que fosse um sonho impossível. 'Meus médicos dizem que um dia eu poderia ter filhos.'

Seu sorriso era tão suave quanto a ponta dos dedos que ele usava para pegar alguns fios do meu rosto e enfiá-los atrás da minha orelha.

De minha visão lateral, vi Erica esbofetear a mesa. A vela de luz de chá entre eles tremulou, depois se apagou.

'Por que você está fazendo isso? Toda essa hostilidade?'

'Não é pessoal. Apenas negócios.'

Seu "Huh" cortou através dos tons sombrios da cantora e murmúrios ao redor do clube.

O casal deixou cair suas vozes e eu não consegui entender o que eles disseram nos próximos minutos. Então o celular dele tocou, ganhando olhares desaprovadores dos clientes próximos.

'Preciso atender isto, Erica. Espere...temos mais para discutir.'

'Duvido,' ela respondeu rispidamente, mas ficou por ali enquanto ele se afastava bem.

Do outro lado da pista de dança, eu o vi falar ao telefone do lado de fora dos banheiros dos senhores. Avaliando sua linguagem corporal, parecia ser uma conversa intensa e que ele ficaria amarrado por um tempo.

Eu me concentrei em Andre. 'Sabe do que mais sinto falta?'

Ele sacudiu a cabeça.

'Dançar. Eu adorava dançar antes do acidente.'

Um leve franzido espalhou sobre seu rosto. Então ele se levantou, e eu congelei, envergonhada de ter compartilhado algo tão pessoal e ele não tinha nada a dizer.

Ele se aproximou pela minha frente. 'Confia em mim?'

Ele se inclinou. Entendendo, eu acenei com a cabeça. Meus braços se dobraram nos ombros dele enquanto suas mãos se enrolavam em cada lado da minha cintura. Levantamos e ficamos em pé juntos, e lentamente ele abaixou meus pés para descansar sobre as biqueiras de seus sapatos. Balançamos juntos no pequeno espaço próximo a nossa cabine, mantendo Erica de costas para nós. Por aquele minuto mais ou menos, eu era apenas uma garota dançando com um cara doce enquanto a vocalista cantava uma canção sobre o amor e sorria para mim do outro lado da pista de dança.

Mas então William guardou seu telefone e voltou a se juntar a sua esposa. Ambos se empoleiraram rigidamente em suas cadeiras de madeira e eu senti que um deles iria embora em breve. Fiz sinal a Andre para o canto escuro onde eu tinha escondido minhas bengalas e murmurei '*muletas*'. Encostada à nossa mesa da cabine, tranquei meus paquímetros, uma mão agarrando-se à borda da mesa para apoio.

'"Olhos Doces de Bebê,"' Erica murmurou. 'Esta era nossa canção, lembra-se?' Ela não recebeu nada em resposta. 'Hoje em dia seria *"Mentiras Doces de Bebê"*, não é verdade, William?'

Mais uma vez, sem resposta.

'Quando estávamos felizes, deixei escapar uma coisa sobre McLeod. Você disse que ninguém jamais saberia. E agora você a usou contra mim?' Ela bufou. 'Eu preciso de um pouco de ar. Mas, é a minha vez – espere, temos coisas para conversar.'

Eu não o via como o tipo que fazia o que lhe foi dito, mas ele o fez. Ele esperou, e Andre e eu tentamos não parecer nada como se estivéssemos esperando também. O mérito é todo nosso, nós mandamos bem em manter a aparência de um casal curtindo, em vez de dois IPs em vigilância.

Três canções depois, William olhou para seu relógio e se levantou. Enquanto ele fazia uma última verificação da sala franzindo o cenho, Andre e eu saímos.

Tínhamos chegado a minha Honda no recanto escuro do estacionamento antes de nosso cliente sair do clube. Eu olhava em volta, procurando por Erica. Não me pareceu certo que ela exigisse que ele esperasse e depois fosse embora. Mas a situação toda não parecia certa de qualquer maneira. Eu tinha começado a pensar que Erica tinha previsto que William viria. Ambos queriam um confronto. Então, por que não o terminar?

Voltei meu foco para William no momento em que uma mulher emergiu das sombras em hot pants top justo, luvas pretas compridas e um chapéu brilhante. A ruiva suavizou com a mão esquerda a franja arrebatadora de seu bob assimétrico. Pela maneira como o queixo dela se inclinava para baixo, percebi que ela se sentia desconfiada do cara que espreitava no estacionamento.

Acho que eu tinha adivinhado bem, porque ela se virou para uma câmera CCTV fixada no alto da parede de tijolos do clube, e seu ar mudou para segura.

Ela se aproximou de William, e ele estava muito ocupado olhando as pernas nuas dela para perceber que a mão direita dela ia para a faixa de suas hot pants e depois fazia um movimento rápido. Meu cérebro demorou um segundo para processar o que ela segurava.

'EI, VOCÊ! PARE!' Enquanto eu gritava as palavras, ela fez um rasgo na lateral do pescoço de William.

Quando eu tinha conseguido dizer 'Ela tem uma faca,' ela a tinha empurrado mais duas vezes, em suas costelas e sua axila.

Andre e eu estávamos em movimento. Eu estava me agarrando em minhas varas e ele galopou na frente. Mas então ele congelou e olhou de volta para mim. Eu senti que seu instinto de proteção masculino havia entrado em ação. Ele não queria me deixar vulnerável.

Mas que diabos?

Eu gritei: 'Andre! Ajude Vaucluse. Ligue para a emergência.'

Ele hesitou e, em seguida, entrou em ação. Enquanto isso, a ruiva havia abandonado a faca e agora segurava um conjunto de chaves. Os indicadores piscavam em um sedan estacionado duas baías à frente. Ela estava em fuga.

Eu aumentei a velocidade.

Enquanto ela se encurralava ao lado do motorista do carro, eu empurrei meu bastão direito para o meio do caminho. Ela tropeçou, o molho de chaves voando para o betume, a poucos metros de distância. Ela estendeu as mãos para amortecer sua queda, depois bateu no chão, deixando sair uma exalação sem fôlego.

O impacto de ela tropeçar no meu bastão me desfez. Felizmente, eu girei para pousar sobre o capô do carro dela e me agarrei aos dois bastões. Um foi jogado sobre a guarda dianteira do carro, o outro deslizou e depois encontrou o chão. Minhas pernas formigaram, deram um bom espasmo, mas não conseguiram me segurar. Meus ombros se prenderam enquanto eles pegavam meu peso e eu lutei contra o puxão para baixo.

A voz de Andre me alcançou— '...respiração ofegante, perda maciça de sangue...' —enquanto eu me endireitei com os antebraços, ombros e músculos do estômago todos gritando, as algemas das muletas cortando o interior dos cotovelos, os punhos esmagando as palmas das minhas mãos.

A ruiva se levantou. Dei-lhe uma batida com meu bastão, felizmente desta vez só perdi um pouco do equilíbrio. Ela bateu no chão novamente, mas imediatamente se enrolou e rolou para enfrentar o ataque.

Eu me apoiei no meu bastão esquerdo e coloquei o outro em sua garganta, prendendo-a ao chão. Ela fez um som ofegante.

Do outro lado do estacionamento, Andre gritou: 'Aguente firme, cara! RESPIRE!'

De relance, vi que ele tinha retirado a camisa e a empurrava contra o peito de William. O sangue corria entre os dedos dele. Ele só conseguiu tratar de uma ferida. Deixou sangue jorrando do pescoço de William e começou a acumular debaixo de seu braço.

Não parecia bom.

Devo ter pressionado um pouco demais novamente porque a ruiva se engasgou. Depois, a luta foi drenada dela. Talvez a realidade do que ela tinha feito estivesse vindo à tona.

Eu a olhava fixamente. E então tudo se encaixou. Eu reconheci aqueles sapatos. Meus olhos correram para as calças minúsculas e para a blusa, ambas facilmente escondidas sob um terno de negócios. Para os cabelos cortados, um pouco brilhantes demais e sem falhas.

Bem, isso explicou as luvas e seu desejo de ser pega pela CCTV. Com o traje mascarando sua aparência e minimizando a transferência de DNA, e usando um carro diferente, ela poderia ter se safado de um assassinato. Só que ela não tinha levado em conta Andre e eu.

'Por que você fez isso, Erica?'

Os olhos dela ficaram arregalados, e eu liberei alguma pressão.

'Teve que fazer.' Ela ofegou para respirar. 'Ele teria arruinado tudo o que importava...minha reputação, carreira, bens...'

Uma sirene ecoou à distância e ela caiu. Eu mantive meu controle e me concentrei no que ela tinha dito durante vinte segundos, depois assinalei: 'Você mesma fez isso.'

Queria dizer mais, especialmente sobre seus filhos não valerem uma menção em sua lista do que importava e agora estarão crescendo sem pais. Mas eu tinha certeza de que ela iria culpar a vítima. E eu poderia não me controlar se ela o fizesse.

Meus olhos voltaram para Andre, que foi cercado por espectadores, com as mãos tapando a boca. Ele tinha sentado nos calcanhares e encarado o material embebido em sangue que ele agarrava. Ele levantou a cabeça, e em nossa troca de olhares, algo o estimulou a inclinar-se para frente e tentar despertar William.

A sirene se aproximou, depois se silenciou. Lanças de faróis brancos iluminavam o amontoado, e os vermelhos e azuis piscantes do carro da polícia ricocheteavam no prédio e carros estacionados. O motor parou, e duas portas se abriram e fecharam.

Um dos primeiros socorristas acenou com os braços, afastando os espectadores. Sua companheira correu para Andre e ela acenou com a cabeça enquanto ele falava, enquanto ela verificava William. Dois paramédicos logo se juntaram a eles, mas ninguém se apressou depois disso.

Cavei meu bastão com mais força na Erica, tão concentrada nela que uma mão no meu ombro me fez sacudir e virar. Ela tossiu quando a força sobre sua garganta aliviou.

Eu enfrentei o Andre. Ele balançou a cabeça e, instintivamente, nós nos unimos, seus braços me apoiando na cintura e os batimentos rápidos de seu coração ecoando entre nós. Tremíamos como um só, a adrenalina sangrava como a vida de nosso cliente havia feito.

ABANDONAR

Vencedor do Prêmio Scarlet Stiletto 2019
Recomendação especial

ABANDONAR

Um tiro de fuzil dividiu o céu enquanto Chris Olden se movia para a sombra do alpendre. Estava distante, e ela mal notou, concentrando-se em escancarar a porta da frente.

Ela chamou 'Hiya' numa saudação geral e tomou um banco no bar. 'Pote de Carlton. Obrigada, Dougie.'

O barman a examinou enquanto ele puxava a cerveja. 'Dia difícil?'

'Pode-se dizer que sim.' Ela pagou, depois levantou seu copo. 'Saúde.'

Ele assentiu, dirigiu-lhe um sorriso sem um dente da frente, e saiu para reorganizar a geladeira.

Chris engoliu uma boca cheia e esperou, desejando uma explosão milagrosa de energia. Ela se perdeu por um tempo, assistindo a um jogo de bilhar entre dois frequentadores regulares.

Ela tinha passado pela escola com esses caras antes de seus caminhos bifurcados - universidade para ela, e uma série de planos para as fazendas das famílias para eles. Eles enfiaram bolas nas caçapas dando gritos que inflaram o sucesso deles, e banqueteavam-se com a esposa de Dougie, Maura. Mas Chris viu fissuras em sua alegria - o estirar arrependido de uma única cerveja, o orgulho ferido se alguém oferecesse uma rodada porque não podiam retribuir o favor.

Chris levantou seu copo. Vazio. Ela não deveria beber, mas pegou um segundo enquanto uma canção sobre estradas de cascalho empoeiradas e deixar o passado para trás tocava ao fundo. Ela se perguntava se seguir em frente era tudo o que parecia ser. E se fosse revelado que seus melhores anos estavam no passado?

Ela tomou um gole de sua cerveja fresca, saboreou o lúpulo azedo e perdeu a esperança. Maldita música country; fazia isso a ela todas as vezes.

Um pouco deprimida e decidida a não o mostrar, ela levou sua garrafa para o espaço ignorantemente chamado de jardim da cerveja. Era apenas um espaço aberto definido por uma pérgula descoberta forrada com longas mesas e bancos, suas tábuas de madeira empenadas e divididas de numerosos verões que estabelecem novos recordes anuais para os mais quentes e secos.

Ninguém mais foi tão estúpido quanto Chris para sentar-se lá fora no calor abrasador, xingando quando a pele nua nas costas das coxas tocou a madeira. Isso lhe convinha bem. Um quarto indígena, sua pele não queimou, apenas mudou os tons de marrom, e ela tinha coisas para pensar sem parar para conversar. Coisas que o chefe dela tinha dito hoje para refletir.

Como se talvez fosse melhor para ela se mandar. Desistir da luta para salvar a *Gazeta*. Abandonar o Vale da Glória - sim, este lugar foi tão incongruentemente nomeado como a cervejaria de Maura e Dougie. A cidade também encolheu e se dividiu.

O som de um rifle ecoou novamente, duas vezes. Os tiros ainda estavam ricocheteando nas rochas escarpadas da montanha Hope quando chegou um terceiro. Chris encolheu os ombros. O som tinha se tornado mais comum nos últimos doze meses. Muitas pessoas por aqui estavam quebradas e famintas, e eles complementavam com o que podiam trocar, matando o gado que não tinham condições de alimentar e de matar a sede, juntamente com qualquer coisa em que pudessem atirar.

Uma descarga aqueceu seu rosto, nada a ver com temperatura, mas tudo a ver com vergonha. Aqui estava ela, contemplando o caminho mais fácil. Deixando sua antiga casa de família e se transformando em uma moradora da cidade. Se ela fosse, o jornal também iria - um dos últimos bastiões dos dias de glória no Vale da Glória. Por um tempo, uma jornada de trabalho a mais para o *Featherton Courier* compartilharia suas notícias. Um parágrafo ou dois no jornal regional. Poderia até ser ela; seu editor o havia oferecido. Mas em pouco tempo, o jornal largaria toda a pretensão de interesse no pontinho pouco sofisticado chamado de cidade.

Chris tinha outro pensamento. Em um lugar diferente, ela murcharia ou prosperaria? Ela suspeitava que tudo iria mal.

Ela deu um gole e se engasgou com cerveja quente. Ela derrubou o resto e levou seu copo para dentro. Deixou-o no balcão e gritou um "Até mais" geral.

Quando ela alcançou seu carro, ela estava arrastando as pernas, desejando uma soneca rejuvenescedora atrás do volante. Sem chance disso, pois o ar condicionado estava nas últimas e a cabine estava vinte graus mais quente do que o ar incômodo do lado de fora. Ela abaixou os vidros de ambos os lados e depois ligou o motor. O movimento criaria uma brisa. Poderia até despertá-la.

Ela esfregou suas mãos sobre a capa de couro costurada no volante. Seu pai tinha insistido em obtê-la para ela: bom para segurar e nunca muito quente para tocar. Ele estava certo sobre isso... sobre a maioria das coisas.

O carro derrapou um pouco no cascalho seco enquanto ela dava ré e se mandava. Chris dirigiu-se para casa perguntando-se o que seu pai teria dito sobre as coisas que ela teria que decidir sobre.

Era fácil imaginar o olhar que ele teria dado a ela e a seu lacônico *"O que você quer fazer?"* Seu conselho provavelmente teria sido seguir o coração dela, suas necessidades, como se ela tivesse escolha. Ele provavelmente teria, então, olhado pela janela - não importava qual janela da casa, a vista era a mesma. Do outro lado do vale até as colinas, muitas vezes tingida de azul com uma névoa de eucalipto. Sempre de tirar o fôlego, mesmo quando queimado e rachado na seca.

Seu pai se afastou de sua mente enquanto a dor cansada de seus membros inferiores se difundia para cima. Ela se espalhou em suas mãos e ombros, subiu pelo pescoço e bateu dentro de sua cabeça.

Ainda assim, ouvindo *'Por favor repita isso...'* ela se sentou mais reta, e aumentou o volume no scanner da polícia.

'Um corpo na biblioteca. Masculino. É melhor mandar tudo, mas acho que não há urgência.'

Chris reconheceu a grande atratividade do segundo orador: Paul Murchison. Outro antigo colega de escola, e o policial encarregado de sua estação local.

O operador do D24 perguntou: *'A vítima está respirando?'*

'Não há muita chance disso com um buraco direto em sua garganta.'

Eles continuaram por um minuto sem mencionar nomes enquanto Chris fazia uma volta em U. Sua dor de cabeça aumentou à medida que ela considerou as possibilidades e recuou, acelerando para além do pub e do resto do que constituía a CDB.

A cidade deles não possuía muitos negócios em tempo integral, além do pub, do pequeno posto policial e do posto de gasolina - ela até escreveu algumas colunas semanais para o *Correio*, enquanto atuava em praticamente todas as funções do *Gazeta*. Mas há algumas gerações, a demanda havia excedido a oferta de espaço comercial e uma solteirona rica legou sua casa vitoriana de dois andares, com fachada dupla, para uso como biblioteca pública. Muito popular, apesar de sua posição isolada na periferia do Vale do Glória.

Faltavam quatro quilômetros para percorrer e Chris estava

em conflito. Para o vale, esta história era enorme. Mas quase certamente envolvia pessoas que ela conhecia, com as quais ela provavelmente se importava.

O dever tinha que prevalecer sobre o sentimento. Ela continuou dirigindo e pensando.

Com o declínio da população e, portanto, dos membros, a biblioteca tinha diminuído seu pessoal, horas de comércio, prateleiras e espaço no chão, e alugou alguns dos quartos sobressalentes. Tinha dois funcionários de meio período, e este não era um dos três dias em que ficava aberta, então ela se inclinou a um dos inquilinos como a vítima.

Ela parou fora da velha mansão dentro de dez minutos após a chamada de rádio. A notícia havia se espalhado e um grupo de moradores locais havia chegado primeiro que ela. Uma multidão nos padrões de vale. Onze pessoas ao mesmo tempo.

Se arrastando para fora do carro, seu corpo ainda doía. Mas ela respondeu as saudações e acenou com a cabeça quando eles sussurraram: 'Então você soube?' Em sua mente, ela começou sua manchete.

O corpo de um homem foi encontrado na Biblioteca do Vale da Glória.

Ela a colocou em pausa enquanto se aproximava de Paul. Eles trocaram um "Bom dia", então ele balançou a cabeça e murmurou: 'Tommy Vawdrey. Por que diabos...? Quem iria querer matá-lo, Chris?'

Ela fez um balanço. O corretor de hipotecas havia flertado com todos, qualquer sexo, qualquer idade, especialmente se pudesse se converter em negócios, mas muitas vezes apenas por diversão. Assim, ela podia facilmente citar vários críticos atuais, particularmente entre as mulheres que ele abandonou e os homens que ele usurpou. Mas ela espelhava a incredulidade de Paul. Ele realmente queria saber quem havia manchado seu reinado livre de assassinatos no vale - alguém que eles conheciam ou um estranho - e por quê.

'Quem teria pensado?' disse ela ambiguamente, enquanto

lembrava o aviso do pai há alguns anos: *Mantenha Tommy à distância - ele não servirá para nada.*

Chris reorientou-se e perguntou diretamente a Paul: 'O que aconteceu?'

Ele se inclinou para que ninguém pudesse ouvir e lhe disse, depois olhou por cima do ombro dela enquanto ela tirava uma foto pela janela do que costumava ser o domínio do bibliotecário-chefe, e recentemente servia como o escritório de Tommy. Os painéis de chumbo em forma de diamante - quase verde ou vermelho, alguns azuis, alguns claros, e todos com as ondas e bolhas de vidro flutuante velho - escureceram a figura no chão, e pouco antes de os detetives e ambos chegarem de Featherton, Paul aprovou seu uso da imagem. Em seguida, ela deu a *notícia de última hora* a seu editor, que foi diretamente on-line: concisa, puro fato, sem nomes ou conjecturas até que os parentes de Tommy tivessem sido contatados.

No caminho de casa, sua imaginação brilhou com a abertura de seu texto de sequência.

Com uma população permanente de 506 habitantes, o grande crime em Glory Valley tende a assaltos ocasionais, briga em bares ou começar um incêndio ilegal, e seu único policial, o policial sênior Paul Murchison, está geralmente ocupado com a aplicação da lei de trânsito, crimes domésticos e colisões.

Mas hoje, esta pacata cidade está em choque após seu primeiro assassinato em duas décadas...

Foi somente quando Chris chegou à sua casa vazia e olhou para a vista que seu pai havia amado, como ela fez, que ela desceu de seu salto. Exausta e com dores por todo o corpo, ela enviou sua história para a manhã seguinte, depois desmaiou sem chá.

Dez horas depois, ela se soltou dos lençóis e rolou para fora da cama. Mal descansou. O calor opressivo da noite é o menor de seus problemas, embora provavelmente tenha exacerbado seus sintomas.

Ela passou a mão por cima dos olhos e suspirou, treinando

ela mesma: 'Vamos, Chris. Um pé na frente do outro. As pessoas conseguem fazer isso. Pare de sentir pena de si mesma. Apenas faça isso.'

Se encolhendo, ela murmurou: 'Um clichê ambulante. Nada bom para uma jornalista.'

Falar sozinha também não era ótimo, mas ela argumentou de volta. 'Sim, mas essa jornalista cobriu seu primeiro assassinato ontem. E foi prometida a primeira página da *Gazeta* e do *Correio*.'

Pensando em Tommy no necrotério, que logo será cortado aberto, ela estremeceu.

Após alguns minutos, e ajudada por um café forte e um prato cheio de ovos e grãos mexidos, veio uma faísca de energia. Ela permaneceu enquanto lavava os pratos, tomava banho e se vestia. Mas enquanto ela escovava os dentes, ela foi drenada, descendo pelo ralo com a água mentolada.

Enganchando sua escova de dentes no jarro, ela olhou o frasco de pílulas na prateleira acima. Não é uma cura. Um tratamento com band-aid. Intocado, até agora.

Ela olhou fixamente para o rótulo, imaginando seu dia pela frente. De uma longa linhagem de Oldens na região, ela precisava otimizar seu status local para ganhar vantagem sobre a imprensa da cidade, que pagaria por histórias ou seduziria com fama fugaz quando elas chegassem. Isso significava entrevistar um monte de pessoas, o que envolvia tomar um ou mais chás ou cervejas em cada lugar, mas mantendo-se ligada, dando o seu melhor.

O tempo até a vigília à luz das velas de hoje à noite para Tommy logo desapareceria.

Cansativo de se pensar, parecia impossível de se conseguir. Voltar para a cama tornou-se tentador, mas a voz do pai dela dizia dentro da cabeça: "*Então você está desistindo?*"

Talvez por hoje?

'Não.'

As pílulas podem restabelecer algum equilíbrio - ou embaçar sua mente. Chris ignorou o frasco prescrito e pegou duas pílulas de paracetamol. Ela as engoliu com outro chá, sentada no deck traseiro com suas pernas penduradas na borda. Ela olhou fixamente para a montanha, mas seus pensamentos estavam com seu pai. Desejando pela milésima vez que ele não tivesse morrido, mas feliz por ele nunca ter sabido dos problemas dela. Apenas um médico e um farmacêutico em uma cidade a três horas daqui sabiam. Ela tinha que manter as coisas assim. Tinha que provar para si mesma que não estava acabada aos trinta anos.

Ela passou pela manhã e pela tarde, extraiu algumas boas citações e conteúdo de fundo, embora não tivesse desenterrado uma testemunha estelar. O editor dela se debruçou sobre sua última história e suas ideias para a próxima. Ele prometeu enviar um fotógrafo para registrar a vigília.

'A menos que eles apanhem o cara, será uma velha notícia na próxima semana' advertiu ele.

'Paul diz que eles estão muito longe de resolver este caso.'

'Creio que sim' resmungou o editor dela, depois desligou.

Chris deixou que o sono a levasse. O telefone tocou o que pareceu um minuto depois.

'Estou aqui.'

Era Bruno, seu fotógrafo de *Courier* preferido. À moda antiga, ele se orgulhava de seu trabalho e respeitava uma boa jornalista. Eles tinham se conectado em sua primeira tarefa juntos.

Ela esfregou os olhos e se esforçou para ler o relógio. Ela tinha dormido por uma hora e a vigília começava em vinte minutos. Merda.

'Estarei aí o mais rápido possível.'

Quando Chris estacionou na rua principal, as longas sombras noturnas da montanha sobre os prédios pareciam de outro mundo. O ar era espesso com poeira e calor e animação silenciosa quando ela se juntou a Bruno. Eles observaram a multidão crescente carregando tochas ou telefones celulares em vez de velas, mesmo sendo a estação de queimadas, e então

Bruno se moveu, emoldurando fotos antes de perder a luz do dia.

Mais pessoas chegaram. O sol se afundou mais e, embora ainda não fosse necessário, as tochas foram acesas. Chris seguiu o exemplo de policiais e jornalistas no cinema, estudando rostos e linguagem corporal. A maioria estava com os olhos secos. Alguns pareciam estar aproveitando o evento incomum. Ninguém apresentou sinal de culpa.

Era fácil identificar a imprensa, detetives de homicídios e um punhado de pessoas de fora. O resto constituía a maior parte da população do vale, muitos sendo aqueles que ela havia entrevistado naquele dia.

Ela não podia deixar de duvidar que cada um desses moradores estava onde eles alegavam estar quando Tommy foi baleado. Claro, todos, exceto o pub, estavam fechados na época. E a biblioteca ficava fora da cidade, com fazendas espalhadas e chalés vazios como os vizinhos imediatos. Mas será que o assassino poderia ter ficado tão comedido que simplesmente saiu pelo portão da biblioteca e foi embora sem chamar a atenção?

Alguém encobrindo a família ou um companheiro não a surpreenderia. Fofoca era uma coisa, mas não se tolerava informantes, nem mesmo para um jornalista ou um policial nascido e criado aqui.

Chris passou o olhar sobre a multidão novamente. Paul Murchison ficou de pé com um bando de policiais no exterior. Vários regulares do pub foram agrupados ao redor de Maura - presumivelmente Dougie estava mantendo o local aberto para bebidas depois. Os residentes idosos tomaram posições de frente. O amigo mais antigo de Chris, Ben Bao, ficou de lado, com os primos de Chris, Joe Fegatello, e outros de sua época. A ex de Ben, Ange, e sua melhor amiga também estavam lá, mas em um espaço só para elas. A divisão geracional, juntamente com a ausência de famílias jovens, atingiu Chris fortemente.

A bibliotecária, que também dirigia sua loja de ferragens nos dias em que a biblioteca não abria e agia como prefeita não-oficial em seu tempo livre, levantou as mãos.

'Obrigada por terem vindo esta noite.' Seu tom tinha um toque evangelístico. 'Tommy ficaria satisfeito.'

Ela prosseguiu e o murmúrio de sua voz acalmou Chris ao ponto de ela parar de ouvir. Mais tarde, outros compartilharam uma ou duas palavras, principalmente sobre como o assassinato os afetou.

Bruno juntou-se a Chris. 'Já tenho o suficiente. E você?'

Ela assentiu.

'Bebida?'

Era a tradição deles depois de cobrir uma história juntos. Mas ela não podia, ela precisava de cama.

Chris acenou vagamente. 'Da próxima vez.'

Ele deu de ombros. 'Sem problemas.'

Ela esperou até que a caminhonete de Bruno desaparecesse, depois se arrastou para dentro de seu carro e dirigiu para casa.

'Dirija e fique acordada.'

Ela murmurou o mantra continuamente, concentrada em chegar em casa, antecipando a serenidade que sempre se abatia sobre ela quando alcançava a parcela de cinco acres de mato e modesta casa de campo que estava em sua família paterna há quatro gerações. Seu pequeno pedaço de paraíso aninhado entre propriedades medidas em hectares, vizinhos poucos e distantes entre si. O lugar onde ela podia baixar sua guarda.

Os minutos e quilômetros se estenderam, e ela repetiu o mantra mais rapidamente, ansiosa para não adormecer.

Depois, Chris sentiu a cabeça dela cair para frente. Ela saiu de um dormitar e puxou o volante para a esquerda, o carro de volta para sua pista, agradecida pela estrada que em outro momento não estaria tão vazia. A batida de seu coração e o jorro de adrenalina declinaram gradualmente.

Seu mantra tornou-se: 'Quase lá. Quase em casa.'

Ela pegou a última curva que levava à longa reta para seu lugar e pisou nos freios.

'Agora não!'

Os pneus do carro derraparam até parar. Franzindo o cenho para o chiclete caído, ela pesava duas opções: lidar com o bloqueio ou desvio ao longo de Newfound Track.

Ela escolheu a opção mais fácil, fazendo uma curva de três pontos e voltando, depois virando uma esquerda. Afastada da pista, os faróis dela pegaram um veículo. Estava em um ângulo como se o motorista tivesse parado com pressa. Também se inclinou para baixo.

Ela desacelerou a aproximação, os pontos gêmeos de suas luzes saltando do para-brisas e do capô preto do outro carro. Aproximando-se, ela notou detalhes. O emblema da BMW. Que ambos os pneus do lado do motorista estavam murchos. E ela se perguntou sobre a mancha escura na parte interna da janela dianteira.

Seu carro em repouso, luzes de perigo acesas e nariz a nariz com o sedan, ela já tinha visto demais. Uma massa de moscas e o que ela pensava ser uma névoa de salpicos de sangue, com uma figura caída no pano de fundo.

'Oh, merda.'

Chris pegou seu telefone celular e se atrapalhou saindo do carro, com pressa para ver se a pessoa precisava de atenção. Ela ligou o aplicativo da tocha e foi até a porta do motorista. Estava entreaberta, tinha algumas manchas de sangue nas bordas. Envolvendo sua mão com o fundo da camisa e evitando as manchas, ela facilitou a abertura da porta, olhou para dentro e quase vomitou. Não valia a pena, exceto por formalidade, mas ela verificou os sinais vitais do homem, lutando contra as náuseas, e depois recuou tão rápido que caiu sobre o cascalho esburacado.

Suas mãos estavam tremendo tanto que foi preciso as duas mãos para segurar o telefone o suficiente para discar o celular de Paul Murchison. Ela olhou fixamente para um punhado de estrelas pairando no céu enquanto escutava o toque de chamada.

'Olá? É você, Chris?' As palavras se arrastavam. Ele tinha bebido algumas cervejas.

'Paul, eu encontrei outro...' Ela pulou com uma explosão de ruído de fundo através do telefone.

'O que foi?'

'Outro corpo... outra vítima de um tiro.'

Chris rastejou até a frente do sedan enquanto ela esperava que ele dissesse algo. Ele não o fez.

'Paul? O homem está atrás do volante de um BMW novo em folha.' Ela soletrou o número de registro. 'Eu conheço o carro, mas... seu rosto... ele não... eu tenho quase certeza, mas...' As palavras certas não viriam.

'Isto é uma piada?'

Seu tom neutro lhe disse que ele sabia que não era.

'Ele está vivo?'

Ela balançou a cabeça por dez segundos antes de dizer em alto e bom som. 'Não.' Sentindo sua cabeça ainda balançando, Chris lhe deu instruções, acrescentando: 'Você verá meu carro' o pisca-alerta está ligado.

Ele disse algo que ela não absorveu. Sua mente estava confusa de cansaço e choque.

'Faça suas ligações agora. Eu estarei aqui.' Ela desligou.

Dois assassinatos em dois dias em uma cidade que raramente assistiu a crimes graves. Se ela estava certa sobre o carro, e seu proprietário era a vítima mais recente, o homem era Wolf Dortimer. Ele lidou com a maioria das vendas de imóveis e leilões para o vale, embora morasse e trabalhasse em Featherton.

Ela olhava para a sombra do campo. Por que Wolf estava aqui?

Ao fechar os olhos, ela visualizou o corpo dentro do carro. Sem conhecimentos médicos, e com o calor e todas aquelas moscas, ela não tinha ideia de há quanto tempo ele estava ali. Algumas horas? Um dia? Mais tempo?

Chris arrancou uma memória. Ontem, chegando ao pub depois do trabalho, ouvindo um disparo - claramente, aquele matou Tommy. Depois, ela sentou-se lá fora com sua segunda cerveja e notou mais tiros. Ela se concentrou, lembrou-se que houveram dois em rápida sucessão e adivinhou que eles estouraram os pneus de Wolf. O tiro final teria sido o fatal que arrancou seu rosto.

No tempo entre suas bebidas, o atirador deve ter ido da biblioteca para Newfound Track.

Chris esfregou os nódulos inchados em seu pescoço, estremecendo com o desconforto. A exaustão tornava a ideia de deitar-se e esperar por Paul tentadora.

Ela lutou contra o desejo. Em vez disso, ela se moveu ao redor da BMW para tirar algumas fotos sem perturbar as provas e evitando as terríveis fotos de ouro com as quais ela poderia ganhar muito dinheiro se ela fosse feita de coisas mais insensíveis.

Pareceu necessário dar uma boa olhada no corpo no banco do motorista. Não há como confundir o distinto anel de casamento tri-dourado do Wolf beliscando a carne na base de seu dedo ou seus nós dos dedos rechonchudos. Da mesma forma, a grossa risca de texugo cinza em seus cabelos geralmente alisados para trás com spray de cabelo. As pessoas muitas vezes brincavam sobre o porquê de ele não tingir, ele certamente podia se dar ao luxo - mas não era engraçado agora, manchado de sangue e tecido.

Chris estremeceu e, de repente, esgotada, ela cambaleou de volta para o carro. Ela empoleirou-se na porta traseira e gravou suas observações, escrevendo sua história.

Quando duas sirenes chegaram ao ouvido, ela começou o acompanhamento: mais cor, espaço para detalhes a serem adicionados, e não para consumo público até que o corpo tivesse sido identificado e a família notificada.

Mas a antecipação macabra de observar pelas beiradas e suas esperanças de uma citação marcante para a história foram destruídas por um dos policiais de fora da cidade que a entrevistou, não por Paul.

'Eu faço as perguntas, não você, ok?'

Ele sorriu e bateu em um mosquito.

'Claro.'

Ela o deixou liderar por um tempo, antes de ter outra tentativa. 'Devemos nos preocupar?'

'Com o que?'

'Que há um assassino em série por aqui.'

O policial bateu palmas lentamente. 'Você teria que fazer melhor do que isso, amor.'

Mas ele não lhe deu essa oportunidade. Ele encerrou a entrevista e instruiu-a a entrar em contato com Paul para formalizar sua declaração amanhã, depois disse pontualmente: 'Você pode ir agora.'

Dispensada, ainda havia o problemático bloqueio de estrada que a impedia de voltar para casa da maneira habitual. E a necessidade motora de dar sentido às coisas.

Por que aqui? Por que ontem? Por que Wolf? E o assassino parou por aí?

Chris dirigiu o carro a uma velocidade um pouco maior do que um caminhar enquanto ela olhava, agradecida pela meia-lua dando luz à paisagem que mudava constantemente, mas também permanecia a mesma. Padoques abertos, ondulados, manchas de vegetação - tudo amarelo e ressecado.

Ela continuou em frente e ponderou. A árvore caiu após ela ter saído para a vigília desta noite, então Wolf não estava usando a pista como um desvio. Então, de onde ele estava viajando no dia anterior? Numa estrada de acesso local, uma pessoa só a pegaria se seu destino fosse uma das duas propriedades que saíam dela.

Seus pensamentos circularam em torno da ligação de Tommy e Wolf. Pelos padrões locais, ambos eram operadores comerciais bem-sucedidos, embora o corretor de hipotecas tenha sido superado pelo homem do ramo imobiliário. De uma idade semelhante, ambos com formação superior. Um jogador, solteirão inveterado. O outro, um homem de família, casado e com filhos. Nenhum rumor havia chegado a Chris sobre Wolf se desviar - ou sua esposa.

Uma neblina cerebral a fez perder o rumo, antes de voltar a Newfound Track. Ela servia duas propriedades, mas todos usavam a entrada principal quando iam para a fazenda Jenkins.

Portanto, havia apenas um lugar de onde Wolf poderia estar voltando. E ela estava do lado de fora de seu portão da frente.

Chris parou o carro. Nenhum sinal de outro carro ou movimento, mas ela ainda tinha que verificar. Ela subiu a entrada, sua atenção mudou do logotipo no grande quadro de A Venda, o nome da empresa de Wolf e sua fotografia de cabeça, para a aparência da antiga propriedade rural.

Nenhuma resposta à sua batida. Nenhuma luz dentro de casa, embora a lua lhe tenha dado uma boa vista da mobília. Alugado e com estilo profissional foi o palpite dela.

E então, com o frio afundando do peito até os dedos dos pés, ela sabia. Não o quadro completo, ainda não. Mas *o suficiente*.

De volta ao carro, ela se agarrou ao volante, deixando a costura de couro prender nas palmas das mãos.

'Oh, companheiro.'

Com o coração pesado, ela sabia para onde ir.

Ela apontou o carro ao longo de uma série de trilhas acidentadas, parando na Montanha da Esperança. Durante esses cerca de quinze minutos, o pavor se construiu. Durante o confronto. O que ela poderia ter que fazer.

Antes de se sentir pronta, Chris tinha chegado. Ao avistar a extremidade traseira de outro carro saindo de alguns arbustos, seus olhos foram automaticamente para sua placa numérica. Tinha uma dobra de banana, como ela sabia que teria. Parecia improvável que alguém estivesse lá dentro - mas as últimas trinta horas fizeram-na duvidar de seus instintos.

Ela deu a volta, olhou sob a lona que cobria a bandeja e através das janelas empoeiradas. Muita tralha em um local antes vazio. Colocando uma mão hesitante no capô, ela achou que estava frio. Já estava lá há algum tempo. As chances eram de que estava lá desde a vigília.

Chris virou de costas, atraída pela lua pendurada no céu. Apenas meio visível, mas brilhante e sedutora. Iluminava o caminho através de uma trilha pisoteada na vegetação.

Anos atrás, dois amigos de nome Olden e Bao, ambos jovens viúvos com um filho cada um, trouxeram seus filhos para cá pela primeira vez. Eles os ensinaram a rastrear, a ler uma bússola, um mapa e o tempo. Mas principalmente, como ser um com a terra. Sentir o espírito de tudo ao seu redor: pássaros, animais, plantas, rochas, riachos e forças naturais. Estar à vontade com uma conversa, um livro, ou o silêncio quebrado somente pelos sons da natureza. Estar bem aqui, no momento, mesmo que nada mais no mundo estivesse.

Uma onda de saudade dos velhos tempos fez Chris fazer uma pausa. Sua mãe havia morrido dando à luz a ela, e ela sentia quase tanto a falta do pai de Ben quanto do seu próprio - mas graças a Deus eles não viveram para ver isto. Se bem que, se eles estivessem aqui...

Não, nada poderia mudar as coisas.

Ela escolheu seu caminho. A trilha cresceu mais ao se aproximar do parapeito escarpado. Ela empurrou para o lado ramos arqueados, e viu Ben virado para fora, sentado em uma pedra de ponta plana. A rocha deles.

'Olá.'

Ele retornou à saudação quando Chris se juntou a ele. O chão parecia um longo caminho para baixo e ela grunhia de dor.

'Você está bem?'

Confie no Ben. Em um mundo de problemas, mas preocupado com ela. Os problemas dela não eram algo que ela quisesse discutir. Mas então, ele sentiria o mesmo sobre sua situação, apenas ampliada.

Durante alguns minutos, eles bateram levemente os pés na face da rocha, como sempre fizeram.

Eles sempre foram honestos também, então ela admitiu: 'Eu tenho síndrome de fadiga crônica.'

Ele a olhou de relance. 'Não me diga?'

'Tenho há doze meses. Pode ir embora um dia. Pode ficar pior.'

'Você está lidando com isso?'

Em comparação com ele, sim. 'Sim.'

Ela encolheu os ombros. Eles voltaram a bater com os pés.

Depois de um tempo, Ben disse: 'Sabia que você iria descobrir... só pensei que levaria mais tempo.'

'Eu vi Tommy na biblioteca. Encontrei o Wolf em seu carro.'

Ele vacilou. Xingou suavemente.

'Passei por sua antiga casa. Foi embelezada e colocada no mercado novamente?'

O queixo de Ben se moveu rapidamente. 'Sou um asno gigantesco, Chris.'

Ela balançou sua cabeça. 'Todos cometemos erros.'

'Não tão grande quanto o meu.'

Ela concordou silenciosamente, mas desviou o assunto. 'Meu pai sempre te admirou muito... eu também.'

Essas últimas palavras guardaram uma tristeza que Chris esperava que ele não tivesse percebido. Mas Ben voltou-se para ela e ela encontrou o olhar dele. Havia uma pergunta em seus olhos, e ela acenou com a cabeça.

'Eu nunca soube.' Ele assentiu lentamente. 'Pensei que você me via como um irmão mais velho.'

Ela deu um meio sorriso. 'Eu tinha acabado de juntar coragem o suficiente para falar quando você se apaixonou por Ange...'

Ele pegou a mão dela e elas se apertaram.

'Eu estraguei tudo, Chris. Não consegui pagar as contas, pedi emprestado ainda mais dinheiro, perdi a fazenda de qualquer forma, empurrei Ange para longe. Meu pai teria vergonha de mim.'

Ela pesou suas palavras antes de dizer: 'Bem, ele não gostaria do que você fez ontem - mas com vergonha de você, não.' Depois de um minuto de pausa, ela acrescentou: 'Ele ficaria triste, Ben.'

Eles caíram em silêncio. Chris sintonizou-se em um som lento e agitado e viu um morcego de orelhas longas voar em um movimento de subida e descida sem pressa antes de afundar em uma árvore oca. Ela queria se agarrar a este momento. Eles sentados juntos em silêncio em seu lugar preferido.

Muito cedo, Ben disse: 'Não há como consertar o que eu estraguei. Mas eu pude impedir que Tommy e Wolf se aproveitassem dos outros.'

'Tem-se falado -'

'Mas ninguém jamais *fez* nada.'

Ela assentiu.

'Eles eram espertos - Tommy com revestimento de açúcar, e Wolf enrolado a vapor, se é que me entende?'

'Sim.'

'Eles eram tão escorregadios que você não sabia que tinha sido feito até depois de estar feito. Mas até lá você já estava na merda e tinha que voltar para pedir mais ajuda... e eles te ferrariam de novo.'

Ela já estava na metade do caminho quando viu a antiga fazenda e verificou sua compreensão. 'Eles o *ajudaram* comprando a fazenda de você, mas a um preço de liquidação, apenas para quitar a hipoteca e não deixando nada para você. Deram-lhe uma ajudinha e estavam prontos para revendê-la com um grande lucro, sem dúvida com Tommy financiando a compra, começando o ciclo novamente, sim?'

'Praticamente.' Ben suspirou.

Lentamente, metodicamente, ele lhe deu todos os detalhes.

Chris continuava pensando na seca, na dívida, na depressão - tinha uma maneira de acabar mal. Com o coração despedaçado.

Ele se levantou, ficando de frente para ela. 'Você vai contar minha história?'

O olhar deles se manteve.

Ela sussurrou: 'É claro,' desejando, como qualquer outra coisa, que pudesse terminar de forma diferente. Sabendo melhor do que tentar mudá-lo. Sabendo que ele já tinha ido embora.

'Se cuida, Chris.'

Ben deu um passo em direção à borda, abriu os braços e caiu para trás.

Ela gritou: 'Eu vou!'

Sua promessa ecoou das rochas e flutuou em direção ao vale, mascarando os sons de sua queda.

QUEIJO, VINHO E O CRIME PERFEITO

Publicado pela primeira vez no *The Victorian Writer*, edição outubro-novembro 2016

QUEIJO, VINHO E O CRIME PERFEITO

Queijo e vinho tinto eram uma combinação sublime. E um fogo crepitante de troncos irradiando seus dedos de calor através de uma sala de madeira, pedra e ferro aperfeiçoava a cena.

O shiraz tinha pernas - pernas sensuais. As corridas no interior do vidro de barriga larga atraíam o olhar para o fundo: uma poça espalhada de vermelho no chão, entre a lareira e o tapete preto de pele de carneiro. A textura era mais espessa, o tinto mais ferrugento, do que o vinho que brotava da garrafa prostrada ainda tremendo sobre as lajes. Ao lado da garrafa havia um copo, também tombado, ambos de alguma forma intactos.

Ela deixou uma golada de vinho tecer seu caminho sobre sua língua, revestir sua garganta com frutas escuras e especiarias, depois deslizou em suas profundezas, deixando sua boca cheia de pimenta preta. Uma mordidela da fatia de queijo picante fundiu-se com o gosto residual do vinho terroso e um sabor metálico único que pairava no ar. Ela se arrepiou deliciosamente e o saboreou com outro gole de vinho, depois admirava o contorno dos lábios deixados em escarlate na borda de seu copo. O copo iria embora com ela, é claro.

Ela riu. O som pertencia a um clube de jazz esfumaçado. O fogo estourava, lembrando as rolhas de champanhe e as celebrações. Ele havia facilitado muito as coisas para ela. Sua fantasia com a mulher de filmes noir - sobretudo afivelado na cintura, batom escarlate e stilettos, suspensórios pretos e roupas íntimas delicadas - deu a ela os meios para o crime perfeito para combinar com o queijo e o vinho. Luvas pretas de couro para dirigir, um chapéu de couro com ângulo triangular no rosto e óculos escuros de Audrey Hepburn o surpreendeu, o entusiasmou... e proporcionaram a ela o disfarce impecável.

O vestuário não era inteiramente necessário porque ela havia sido meticulosa na organização do encontro secreto deles, assim como em garantir que não houvesse testemunhas. Mas a peruca, o casaco e o resto do traje também eliminaram qualquer chance de transferência de DNA ou impressões digitais. Não haveria qualquer ligação que levasse a ela.

Na verdade, não haveria nada que mostrasse que alguém mais tivesse estado na casa de campo quando ele morreu.

Suas longas pestanas tremeram, enquanto ela tomava outra boca cheia do vinho pecaminosamente bom e refletia. Ela sabia o que ele não poderia resistir ao vinho, mulher e a música. Assim como ela havia memorizado a disposição exata do chalé, bem antes de pisar um sapato de salto vermelho dentro dele esta noite. Chloe, sua bela, ingênua, irmãzinha, havia compartilhado tudo desde o momento em que se apaixonou por este homem de bem, até quando ele havia partido o coração dela e levado sua vontade de viver.

Os sete meses desde que Chloe havia ceifado sua vida deram tempo para o luto e tempo para planejar a vingança perfeita.

O homem não tinha a menor ideia do jogo, até o desfecho. Eles estavam em um enlace, peito a peito, olhos fixos um no outro, balançando e mergulhando em *Femme Fatale* por Nico, Reed e Cale. Sincronizado com a fala sobre fazer dele um idiota, ela tinha enfiado seu tornozelo em volta do dele, agarrado sua lapela de terno e virado. Seus olhos haviam se alargado com a realização.

Impulso. A força em sua panturrilha e coxa bem torneadas. O ângulo de sua queda se ela o empurrasse para longe. As bordas dentadas na lareira de pedra... Ele estava à sua mercê.

Ela havia sussurrado: 'Isto é por Chloe" e o impulsionou para a pedra com força suficiente para atingir seu objetivo.

De acordo com a melhor mulher fatal - a mulher assassina - de seus preciosos clássicos do noir, ela derrubou seu copo, deixando os últimos pingos de vinho delicioso acariciar seus sentidos, enquanto se divertia com sua missão cumprida.

Morte por acidente, era realmente o crime perfeito.

A TESTEMUNHA

Vencedor do prêmio Scarlet Stiletto 2017
Comenda especial

A TESTEMUNHA

Legs sentava largado no banco do motorista, já entediado com a espera. Ele desviou os olhos de um garoto que cruzou na frente do carro. Ele tinha um laptop saindo da sua mochila e estava ligando um celular da Samsung enquanto ele passeava por aí com os novos Nike Airs. Se Legs aliviasse o garoto de seus tênis, celular e computador, ele conseguiria uns quatrocentos dólares fácil. Faminto por ação, ele pegou a maçaneta da porta, depois se deteve e acendeu um beck em seu lugar. Hoje, se a Bones conseguisse, eles teriam mais ou menos mil e ela enlouqueceria se ele perdesse a fuga enquanto ele perturbava o garoto fora por pequenos trocos.

O carro da frente com sua capa dura de tonneau e sua pintura de ouro metálico parecia novo em folha. Uma lacuna se abriu entre Narelle e o Ford, mas ela ainda conseguia distinguir um decalque escrito TIGERS em sua janela traseira. Território seguro. Nada a ver com sexo e seu talvez / talvez não caso.

'Oh Deus, nem mesmo trinta segundos antes de você voltar ao sexo. Pare de pensar!'

Ela se fixou novamente na janela do Ford e respirou lentamente, mais calma até haver um flash de movimento, e algo - um *cotovelo?* - pressionado contra o vidro. Ela se esguichou para o borrão confuso dentro da cabine. Os ocupantes estavam se abraçando ou brigando. O péssimo momento para fazer isso e isso provou que o mundo estava cheio de idiotas.

O Ford serpenteou na estrada, diminuindo a velocidade, e Narelle teve que pisar no freio.

'O que você está *fazendo*?' A válvula de escape em sua raiva se soltou e ela esmurrou a buzina até que a porta esquerda do carro se abriu e uma garota voou para trás. Seguiu-se um saco atirado, depois o carro rugiu para longe.

A boca de Narelle caiu quando a garota ricocheteou da lateral de um ônibus na faixa adjacente. Ela não se moveu depois de bater no betume e o ônibus continuou a andar.

'O quê? De jeito nenhum!'

Um carro passou pela direita também, acelerando para passar pelo semáforo âmbar.

'Você acabou de passar por uma pessoa deitada no chão! Sério?'

A garota estremeceu, depois se agachou. Ela balançou a cabeça como se estivesse clareando a mente, pegou sua mochila e se levantou, olhando de frente para Narelle através do para-brisa.

Não deveria ter havido uma hesitação. Mas em vez de correr para ajudar a garota, Narelle respirou fundo e verificou seus espelhos e os carros ao redor, suplicando muitíssimo a alguém que interviesse. Vivendo com um déficit de sono, ela estava muito cansada para se envolver. Sua vida já era uma bagunça suficiente sem absorver os problemas de outra pessoa. Como que para destacar isso, sua mente saltou para uma série de cenários alarmantes em rápida sucessão: o carro voltando e o motorista pulando para atacar as duas; a garota entrando em seu carro e virando psicopata; o grito dos pneus seguido por um borrão enquanto um carro as empurrava por trás quando o semáforo ficava verde.

Narelle pulou de volta ao momento. A luz agora vermelha significava que ela era um alvo fácil e ela clicou no fecho central. Ela tinha menos de dois minutos antes que a luz mudasse para decidir o que fazer. Mas então, ela fez contato visual com a menina que começou a coxear em sua direção, a angústia no rosto fazendo com que Narelle esmurrasse o botão de desbloqueio. Ela não podia deixá-la.

A menina leu o sinal e, com um olhar na direção que o outro carro havia tomado, trotou mais rápido do que Narelle pensava ser possível depois do que ela havia passado. Ela deveria ter mais ou menos a idade de sua filha, e tudo o que Narelle podia pensar era como ela se sentiria se fosse sua filha jogada de um veículo em movimento para bater na lateral de um ônibus que não se preocupou em parar, e como ela ficaria horrorizada com uma mulher hesitante em ajudar.

A vergonha enrolava em seu estômago quando a menina chegou ao carro e escorregou para o lado do passageiro, administrando um ofegante, 'Obrigada.'

Narelle acenou com a cabeça, depois, a buzina do carro atrás disse-lhe que a luz tinha mudado. 'Vou nos trancar aqui.' Ela respondeu ao olhar ansioso da garota com um sorriso. 'Agora você está segura.'

Em vez de relaxar, a garota agarrou o apoio de braço. 'Temos que sair daqui antes que ele volte.'

O seu medo superou o instinto de Narelle de chamar uma ambulância. Ela se virou para frente e decolou em ritmo lento. Havia todas as chances de que sua passageira tivesse um trauma e talvez uma concussão. Ela era alta e esbelta, e Narelle não sabia se a falta de revestimento aumentava suas chances de sangramento interno. Quaisquer que fossem seus ferimentos, a menina devia estar em estado de choque e precisava de cuidados médicos.

Fingindo calma, ela disse: 'Eu sou Narelle e...'

Sua passageira implorou: 'Rápido! Por favor.'

'Vou chamar uma ambulância, só por segurança. Vamos esperar lá.' Narelle direcionou o carro para o posto de gasolina à frente.

'Não! Continue!' A menina acenou, em pânico. 'Não há nada de errado comigo. Mas se ele voltar…' Ela cobriu o rosto e chorou.

Legs continuava verificando seu celular. Ele já deveria ter tido notícias da Bones. Seu último SMS dizia que ela tinha achado uma pista e que deveria estar no local em dez minutos. Às vezes eles tinham que improvisar, e a Bones era boa, ela ainda não tinha fodido tudo. Mas Legs estava tendo um mau pressentimento. Ele fez o motor girar, pronto para decolar se ela não chegasse lá nos próximos dois minutos.

'Ela chorou, então você a trouxe aqui?' Matt sacudiu a mão na sala de estar deles.

Narelle balançou a cabeça, semicerrando os olhos para ele. 'Fale baixo.'

'O que há de errado com você, afinal?'

Ele havia abaixado o volume, mas ela queria esbofetear o sarcasmo do rosto dele.

'Comigo?' Ela bufou. 'Nada, exceto sua crise de meia-idade.'

Ele a olhava fixamente, sua expressão era seca. 'Quem está tendo uma crise de meia-idade aqui?' Ele virou à esquerda e à direita, como se estivesse procurando por alguém, e depois a enfrentou novamente. 'Ah, certo, essa seria aquela que acabou de trazer uma menina para nossa casa, ofereceu-lhe nosso quarto de hóspedes pelo tempo que ela quiser, e lhe deu algumas roupas de nossa filha, não é mesmo? E tudo o que você sabe sobre ela é que seu nome é Tia e ela foi atropelada por um ônibus.'

Ela bufou. 'Expulsa de um carro, depois bateu na lateral de um ônibus.'

Ele levantou as mãos. '*Tanto faz*, Narelle.'

'Ela está assustada e não tem para onde ir.'

Matt fez o gesto de lançar uma linha de pesca e enrolá-la. 'Anzol, linha e naufrágio.'

A raiva queimou seu interior. 'Oh, você me acha ingênua?' Ele vacilou e ela continuou, desejando poder gritar, mas mantendo um sussurro. 'A boa e velha Narelle. Confiante demais. Fácil de enganar, hein?'

'Por Deus -'

Ela o cortou. 'Eu sei o que você tem feito.'

'Trabalhando duro para nossa família?'

Baixo e firme, disse ela, 'Você e ela.' Seus lábios se curvaram. 'Annie.'

'*O quê?*' As narinas dele se dilataram. 'Eu nem vou...'

'E pimba.' O riso dela soou amargo. 'Aí está a prova.' Ela segurou uma palma da mão no rosto dele. 'Você acabou de perder o direito de ter uma opinião sobre qualquer coisa nesta casa. Vá embora e me deixe ajeitar as coisas para Tia.'

Legs lê o SMS enquanto sua mão livre forma um punho. Ele bateu na parede, depois chutou uma garrafa contra uma lixeira, o vidro se espatifando e espalhando sobre a viela. A Bones tinha ido longe demais desta vez. Ela era linda e louca, mas se isto explodisse em seu rosto, ela

que se danasse. Ela estava por conta própria quando se tratava da polícia.

Os motivos de Narelle foram distorcidos, mas não eram completamente sobre mostrar a Matt que ela poderia ser imprevisível e independente. Obviamente, ela não podia deixar Tia em uma parada de ônibus e esperar que ela ficasse de pé. A menina estava fugindo de um relacionamento violento, sem dinheiro e sem identidade porque seu namorado a havia roubado antes de jogá-la do carro, e sua família havia se fragmentado há três anos quando seu pai os deixou para ficar com sua amante e sua mãe começou a beber.

Com o coração partido por seu marido traidor, fazendo-a desejar tanto uma bebida que suas mãos estremeceram, Narelle pôde relacionar-se muito bem com a situação familiar de Tia.

Ela recuperou seu celular, mas hesitou, admitindo que se desdobrar para ajudar a Tia era um meio de retardar o inevitável. Eventualmente, ela teria que lidar com o que Matt havia feito com a família deles. A ela.

"Mais tarde." Com um sorriso sombrio no lugar, ela discou, esperou e, ouvindo-o responder com, *'Mana'*, deu um suspiro. Falar com seu irmão mais velho funcionava quase tão bem quanto a garrafa de uísque, sem a ressaca.

Eles conversaram superficialmente por alguns minutos, enquanto Narelle se transferiu para a cozinha para preparar o jantar. Ela verificou secretamente Tia descansando no sofá com sua mochila presa ao peito e seus pés encolhidos sob seu corpo. Narelle não era médica, mas a cor do rosto da menina parecia boa e embora ela ocasionalmente esfregasse a coxa, Tia não estava com dores óbvias. Ela também não estava aparentemente ciente dos olhares que eram dirigidos a ela do outro lado da sala.

Narelle acenou para Cass vir para a cozinha, mas sua filha

inclinou o nariz e continuou olhando fixamente para sua convidada.

Havia um barulho de fundo sobre a linha telefônica, então Paul disse: '*É melhor eu ir. O serviço prestes a começar.*'

'Espere. A questão é...' ela deixou cair sua voz para que as meninas não ouvissem, 'você ainda está procurando por ajuda?'

'*Sim.*' Ele pareceu desconfiado. '*Você quer que eu dê uma chance a Cass?*'

'Não. Deus, não. Nunca contrate família, eles não dizem isso?' Ela riu, angustiada com sua deslealdade, depois chegou ao ponto. 'Não, mas temos uma garota ficando conosco que poderia realmente usar uma ajudinha.'

Paul não hesitou, ao contrário de Narelle no local do acidente, o que a fez sentir-se culpada de novo. '*Claro, com o seu apoio, sem problemas. Traga-a amanhã, mana.*'

Depois que eles se desligaram, Narelle deslizou o assado para dentro do forno e sentiu os primeiros sinais de dúvida de que ela tinha feito a coisa certa ao deixar Tia entrar em suas vidas.

A Bones havia enviado outro SMS enquanto ela estava no banheiro. Ela não podia falar, mas ligaria mais tarde ou lhe enviaria uma mensagem. Legs relaxou porque o que ela dizia fazia sentido. Ela tinha sido vencida pelo cara mais cedo, e ele tinha olhado bem para ela, então ela teria que ficar escondida por alguns dias antes de voltar para as ruas. De qualquer forma, ela tinha tido sorte. A patroa só tinha um calhambeque coxo, mas seu velho tinha um Audi de classe, e seu filho tinha mais engenhocas do que a vadia merecia, e haveria um esconderijo de dinheiro no lugar em algum lugar, então a Bones viu um pequeno e simpático bônus enquanto ela estava sendo tratada como uma princesa. E, quando

ela terminasse, ela já teria trabalhado em como conseguir o Audi.

Enquanto Narelle adicionava os legumes à assadeira, Cass finalmente se juntou a ela na cozinha. Mas seus braços cruzados sinalizaram que ela só estava lá para arranjar uma briga.

'Por que você a trouxe aqui?'

O melhor tom agressivo de Cass nunca deixou de levantar o nariz de Narelle, mas ela imaginou Matt fazendo sua imitação de pescador e respirou ao invés de revidar.

O rosto de sua filha afrouxou, claramente desapontada por não ter marcado um gol, então ela levantou o queixo e tentou atirar de outro ângulo. 'Você nunca conseguiu um emprego para mim com o tio Paul.'

Narelle também ignorou isso; era um terreno antigo reformulado. 'Ela precisa de nossa ajuda, Cass. Você tem a mim e ao pai, mas a Tia não tem ninguém.'

Cass fungou. 'Eu tenho?'

'Você tem o quê?' Narelle suspirou. Ela queria alguma paz e sossego ao invés da atitude de sua filha.

'Você e papai estão se separando, não estão?' Cass colocou suas mãos nos quadris.

Eles estavam se separando? Dependia se Matt era um canalha mentiroso e trapaceiro, o que parecia provável. Eles tinham que conversar. Conversar de verdade. Mesmo que ele não estivesse tendo um caso, ele não estava investido no casamento deles. Portanto, de qualquer forma, ele não estava sendo sincero, mas a filha deles merecia honestidade agora.

'Querida, eu não sei.' Narelle tentou tocá-la.

Cass deu-lhe de ombros. 'Bem, se ela vai ficar, eu vou.' Dissimulação vidrou os olhos dela. 'Eu e papai teremos nosso próprio lugar.'

Legs estava com tesão e desejava que a Bones estivesse lá para ajudá-lo. Ele riu em voz alta pensando no duplo significado do apelido da Bones: "*boner-causing*", que em inglês significava deixar de pau duro, e alta e pernuda. Embora ela fosse cerca de cinco centímetros mais alta do que ele, ele não podia chamá-la de "Leggy" porque ele tinha sido Legs, que significava pernas em inglês, primeiro; ele tinha conseguido o nome por ser rápido e bom em esquivar-se de policiais. Legs começou a pensar em suas curvas nos lugares certos e seu pênis latejava. Ele de guarda e precisava de um alívio e este era apenas o primeiro dia. Depois de uma baforada em seu bongo, ele enviou à Bones uma foto de sua ereção.

Cass tinha pontuado bem: dez em dez na Escala de Rabugenta. Mas Narelle não ia mostrar o quanto ela estava machucada. Ela grudou um sorriso no rosto, abriu a gaveta superior e agarrou alguns talheres.

Os cantos de sua boca escorregaram quando a porta da frente bateu. Cass tinha subido as escadas pisando duro, por isso tinha que ser Matt.

Ela murmurou, 'Maravilho.'

'Relle?'

Ele não a chamava assim há séculos. Ela o ignorou.

A voz de Matt estava mais próxima quando ele disse: 'Poderíamos esticar o jantar para mais um? Trouxe uma amiga para que vocês se encontrassem.'

Ela quase perdeu a cabeça. Quase gritou com ele que não era bem-vindo, muito menos com qualquer amigo. Mas então Narelle vislumbrou a mulher atrás de Matt quando ele disse: 'Relle, esta é Annie.'

Annie. Em sua cozinha. Mas não a versão jovem e sexy que Narelle havia previsto. A verdadeira Annie usava seus cabelos grisalhos em um coque desgrenhado e um terno de calças bem passadas sobre uma figura tão larga quanto alta, que era menos de um metro e meio.

Matt veio ao lado de Narelle. 'Eu deveria ter feito isso mais cedo. Temos passado muito tempo juntos porque Annie é a melhor em habilidades pessoais, o que nem sempre é meu forte.' Ele fez uma careta e Narelle supôs que era um pedido de desculpas. 'Ela é a melhor juíza de caráter em nosso escritório. Mas ela não entende muito de tecnologia-'

'Para dizer o mínimo.' Annie sorriu, o rosto dela dobrando com linhas de riso.

'Então, tenho ajudado ela a estabelecer processos que ela pode administrar.'

'É bom pros dois.' disse Annie. 'Exceto que tenho mantido seu fabuloso marido longe demais de casa.'

Envergonhada por ter julgado mal a situação, o calor floresceu nas bochechas de Narelle. Ela correu para dizer: 'É um prazer conhecê-la, Annie. Temos muita comida. Matt, você pode preparar algumas bebidas?'

Ele atirou nela um sorriso de gratidão quando Cass apareceu e começou a conversar com Annie. As sobrancelhas de Narelle se levantaram quando ela ouviu sua filha rir de algo que a mulher mais velha disse, considerando que seria bom se esse lado civilizado se estendesse à sua própria mãe.

Depois, ao ver Tia ficar no canto, sem sequer quebrar sua timidez quando Annie sentou-se ao seu lado no sofá, Narelle franziu o cenho, preocupada. Mas Matt a distraiu depositando um beijo em seu pescoço e Narelle não tinha certeza se ela estava mais surpresa com o gesto ou com seus joelhos instantaneamente fracos.

A voz de Tia a fez virar rapidamente. 'Estou cansada. Você se importaria se eu tivesse algo para comer na cama?'

'Claro que não.' Narelle agarrou seu celular. 'E eu vou chamar um médico.'

'Não!'

Narelle recuou.

'Desculpe. Estou bem, apenas cansada. Já lhe disse antes que não preciso de um médico.' Depois de uma pausa, Tia acrescentou: 'Mas obrigada.' Ela sorriu e com os braços enrolados em torno de sua bolsa, acenou com a cabeça dando boa noite.

Voltando ao fogão, Narelle percebeu Annie vendo Tia sair com a cabeça inclinada e um pequeno sulco na testa. O mal-estar passou por Narelle novamente, mas ela o empurrou para o lado e jogou feijão no vapor.

Ele riu tanto que rolou de lado da cama para fora da cama. Bones sussurrou: *'É tudo tão bonito e suburbano aqui que eu quero enfiar meus dedos pela garganta abaixo e vomitar por todos eles.'* Então ela lhe falou de uma velha que tinha vindo para o chá. Ela assustou Bones por alguma razão e Legs parou de rir.

'Estamos bem, Relle?'

Matt estava deitado de lado, de frente para ela no brilho suave de seu candeeiro de cabeceira. Seus olhos imploravam e ela queria dizer que sim. Mas conhecer Annie e uma noite agradável juntos não tinha resolvido tudo.

'Hoje foi um começo, Matt.'

Ele se enrolou mais perto e enrolou suas pernas com as dela. Foi bom, mas ela se afastou quando ele acariciou o quadril dela.

Ele parecia ferido, então ela sussurrou: 'Apenas me abrace esta noite, está bem?'

Matt acenou com a cabeça e moldou seu corpo ao dela. Quando sua bochecha caiu contra o ombro dela, ela sabia que ele estava dormindo. Mas o dia montanha-russa a manteve bem acordada depois de desligar a luz.

Sua mente voou entre como ela e Matt poderiam reparar sua fenda, as preocupações com os testes e exames finais de Cass, e sua convidada. Amanhã, de alguma forma, ela faria com que a menina fosse examinada por um médico, e por mais que a ideia assustasse claramente Tia, ela tinha que relatar seu ataque à polícia. Atirar uma garota para fora de um veículo em movimento não estava certo. Nem roubar todos os seus pertences e a intimidar para ficar em silêncio.

Narelle franziu o rosto para o teto, ouvindo as respirações suaves de Matt. Se o motorista do carro tinha roubado todas as coisas de Tia, o que estava na mochila que ela nunca deixou sair de seu aperto?

Legs não conseguia dormir. Que porra foi essa? Ele tinha ficado mole, foi o que aconteceu. Talvez ele precisasse dar à Bones o toque e ir sozinho novamente. Não era como se eles fossem um casal, certo? E ele nunca tinha tido problemas para cuidar do Número Um e manter os negócios e o prazer separados antes da Bones. Ele pegava umas por aí quando a vontade chegava, as pegava e as largava. Ele rolou e verificou seu celular, mas ela ainda não tinha voltado para ele. Ele mandou outra mensagem: 'vaza - não vale a pena.'

Narelle acordou com uma sacudida, ela havia adormecido em algum ponto da noite. Mas seus membros e pálpebras pesavam uma tonelada, um sinal de que ela havia passado apenas alguns minutos dormindo das seis horas em que eles estavam na cama.

Ela gemeu, depois se ligou em Scamp, intrigada com o porquê de ele estar raspando perto da porta. Ele era um cão maravilha, capaz de dormir por nove horas sem um intervalo para xixi e, quando precisava sair, ele latia um pouco e aguentava até que alguém o deixasse sair. Ele não arranhava as tábuas do chão nem ficava agitado.

Nem uma agitação de Matt. Ela nunca o admitiria em voz alta, mas odiava a capacidade dele de dormir de forma tão sólida. Sem nenhuma esperança desse departamento, Narelle saiu da cama e se abaixou ao lado do beagle.

'O que foi, Scampie?'

Ele cheirou a mão dela e, em seguida, bateu com as garras no fundo da porta.

'Tem alguém lá fora?'

Ele apontou a cabeça em ambas as direções. A pergunta não estava em seu vocabulário. Mas algo estava errado.

Narelle abriu a porta devagar e Scamp disparou para longe. Ele correu pelo corredor, depois a batida de suas unhas dos pés se desvaneceu enquanto descia as escadas.

Quando ele começou a rosnar, os cabelos da Narelle se arrepiaram na nuca. Ela pegou um dos sapatos de Cass de onde os tinha chutado no corredor, e o segurou enquanto descia as escadas na ponta dos pés, congelando por um segundo no meio do caminho.

Ela abraçou a parede enquanto os latidos do Scamp se amplificavam. Arredondando a esquina para a sala de estar, ela quase colidiu com alguém, gritou e pulou de volta, deixando cair o sapato.

Franzindo o cenho, ela se deparou com Tia. Vestida com as roupas de Cass. Segurando sua mochila - ela estava cheia.

'Desculpe, eu a acordei?'

O Scamp ficou quieto e foi para o lado de Narelle, pressionando seu flanco contra a perna dela.

Tia falou novamente. 'Eu queria estar pronta cedo... para a entrevista com seu irmão, né?' Ela seguiu o olhar de Narelle, que estava colada na bolsa. 'Peguei emprestado alguns livros. Espero que esteja tudo bem.'

Legs esperava onde ela lhe dissera para ir, mas ela não apareceu. Novamente. O que ele era, um maldito táxi? Ele passou de chateado a agitado com pavor. Talvez ela tivesse sido descoberta e estivesse sendo interrogada pela polícia. Ela não cederia. Será que ela cederia? Seus intestinos ficavam apertados quando ele pensava no que ela sabia. Se ela abrisse o bico, os dois estariam ferrados.

Para toda sua ânsia de estar pronta para sua entrevista com Paul, Tia agiu menos do que ansiosa quando eles chegaram ao restaurante. Poderia ter sido nervosismo. Mas as dúvidas de Narelle sobre a garota cresceram durante a reunião.

Ela olhou para a Tia, refletindo: sem dinheiro, identificação, telefone ou referências de trabalho. Uma família disfuncional, um namorado violento e uma garota assustada e solitária.

Ou uma mentirosa criativa?

'Certo.' Paul bateu nas coxas e levantou-se. 'Vamos fazer uma visita guiada e apresentá-la por aí.'

Os pés de Tia se arrastaram enquanto ela o seguia. Narelle imediatamente se moveu em direção ao computador de Paul em sua mesa. Ela estava na internet em segundos e procurou *Tia Cookson*. Ela escaneou os acessos, depois passou pelas imagens que o Google encontrou. Amaldiçoando o seu ritmo lento, ela eliminou tudo o que estava na primeira página. Metade dos resultados da página dois estavam relacionados a ataques isquêmicos transitórios, transporte ou registros estrangeiros com as iniciais *TIA* ou o nome *Cookson*. Os outros ataques também não deram em nada. Na terceira página, Narelle decidiu que a garota estava usando um pseudônimo. Que adolescente não estava nas mídias sociais?

Ela entrou em um estado de nervosismo e fez uma nova busca, determinada a desmascarar Tia.

'Quem é você realmente?'

Ela entrou numa rua sem saída nos registros das pessoas desaparecidas, percebendo que elas só listaram aqueles que desapareceram a longo prazo. E procurar outros sites sem o nome real da garota seria difícil. Na verdade, impossível se ninguém a tivesse dado como desaparecida.

E Tia e Paul poderiam estar de volta em breve. O tempo de Narelle estava se esgotando. Ela foi para o site do Crime Stoppers e buscou Pessoas Procuradas.

'Melhor.'

Pelo menos agora ela tinha nomes, imagens e descrições de supostos infratores e seus crimes. Ela percorreu alguns. Levaria muito tempo, a menos que ela reduzisse os resultados. Ela filtrou usando *mulheres*, mas por alguma razão, ela chegou a um homem, depois tentou alguns outros ângulos, começando a duvidar que ela encontraria Tia lá. A menina alegou ter quase 17 anos; como menor, será que seus detalhes seriam divulgados? Além disso, ela poderia ser duvidosa, mas não criminosa.

Narelle ficou desanimou. Ela caiu de modo que sua testa descansou sobre a mesa de Paul.

A Bones havia planejado sumir esta manhã e depois foi pega pela patroa. Ela tinha blefou, mas não conseguiu se livrar da terrível entrevista de emprego. Como se ela fosse trabalhar em alguma cozinha quando o que eles faziam pagava melhor. Uma piada, certo? Mas agora a Bones queria ficar com a família até que ela tivesse

tirado mais algumas coisas e elaborado um plano para o Audi. Mas isso poderia significar um dia -ou mais- preso nos subúrbios, e Legs não gostava que a Bones brincasse com algo que eles não haviam planejado adequadamente. Ele chutou o caixote do lixo, levantando-o, espalhando o lixo pelo chão. Isso não ajudou sua frustração ou seus nervos. Ele precisava de um cone para se acalmar.

Tia esfregou sua têmpora, buscando fazer uma das expressões "*estou muito doente para ir à escola*" que Cass ocasionalmente usava. Narelle reteve-se, cética, mas Paul imediatamente lhe garantiu: 'Não há pressa para começar. Descanse por quanto tempo precisar. Apenas me avise quando estiver pronta.'

'Obrigada.' A garota produziu um sorriso fraco.

E *isso* deu a Narelle as munições de que ela precisava para levar Tia ao médico de família. Frustrantemente, não sendo mãe ou tutora, ela não pôde estar presente à consulta ou ter acesso a detalhes, exceto ao resumo de Tia: 'O médico disse que eu tive sorte; não há nada de errado que o descanso não resolva ,' embora a recepcionista não tenha tido dúvidas em entregar a conta a Narelle. Mas, nenhuma quantidade de bajulação ou pressão poderia levar a garota a falar com a polícia, então Narelle as levou para casa.

Com um suspiro exagerado, Tia mexeu dentro da mochila e se esticou no sofá usando-a como travesseiro, o que estragou a ideia de vasculhar se a garota adormecesse. Narelle estava doida para continuar sua caça pela verdadeira identidade de Tia, mas não ousou fazê-lo na mesma sala. Alegando uma dor de cabeça, ela se fechou no quarto com seu iPad.

Enquanto ela mastigava o lábio e ponderava sobre o que entrar no campo de busca, a porta se abriu.

'Mãe! Onde está meu iPod? E eu não consigo encontrar meu

Fitbit! *Mas o* que?' Cass revirou os olhos, não esperou por uma resposta, e saiu.

Narelle adivinhou onde estavam os aparelhos de Cass. Mas adivinhar estava longe de ser uma prova. Empoleirada na cama, ela contemplou o carro e o que ela pensava ter testemunhado, e depois o inverteu, digitando 'menina adolescente roubo de carros agressão *Wantirna*',. Então ela decidiu que Wantirna era muito específica porque os infratores se moveriam para evitar serem pegos, e ampliou a busca até Melbourne.

Muitos sucessos. Alguns mencionaram a gangue Apex. Outros, multidões de adolescentes. Em todos os lugares, desde os subúrbios do oeste, até o centro da cidade, bayside e cidades satélites no leste. Como Tia tinha estado sozinha com o motorista do carro, Narelle se concentrou em incidentes envolvendo um ou dois infratores, aterrissando no relatório de um roubo de carro de um Audi correspondente ao de Matt. Suas sobrancelhas se ergueram, mas rolando mais adiante, ela a descartou.

Depois de uma pausa, ela voltou dois cliques e espremeu os olhos em uma imagem de uma notícia de *última hora* no programa de TV *Sunrise* no ano passado. Em primeiro plano estavam um carro policial sem marca e um carro patrulha com um amontoado de policiais vestidos à paisana e uniformizados. Entre eles e uma multidão de espectadores havia a carcaça de um sedan esmagado. Narelle se estreitou sobre uma figura que se distanciava da multidão.

'Tia... ou quem quer que seja você!'

Galvanizada, ela clicou em mais imagens, até que parou na manchete, Adolescente *procurada por violento roubo de carro no oeste de Melbourne*, com a imagem de Tia, embora o relatório se referisse a ela como Tanya Caulfield, de dezenove anos de idade.

A Bones não conseguia falar porque a senhora estava agindo de forma estranha, mas ela me mandava

mensagens de todos os detalhes. Ela agarrava o que tinha escondido na lixeira e o que cabia em sua bolsa e o encontrava no local à 1.00 da manhã. Ela também tinha um plano para o Audi, embora Legs quisesse se agarrar ao que eles eram bons: roubos. A maioria dos homens não conseguia passar pela Bones "em apuros" à beira da estrada, e imaginava seus rostos quando ela puxava sua faca e uma seringa cheia com o sangue dele, o fazia gargalhar toda vez. Neste caso, o alvo a reconheceria, então ela tinha cortado uma chave sobressalente pensando em deixar passar algumas semanas e depois levariam o Audi de fora de seu escritório. A mudança de seu MO deixou Legs nervoso. Talvez ele pudesse dissuadi-la. Ela provavelmente lhe diria que ele era um pinto mole por se preocupar.

Narelle decidiu que Matt não poderia estar mais errado a respeito dela. Ela podia ser bondosa, mas não era ingênua, e parecia ter um dom para a desonestidade. Ela sorriu para Tia/Tanya do outro lado da mesa de jantar. A garota não tinha ideia do que estava por vir.

Scamp passou seu nariz na mão de Narelle e ela coçou a cabeça dele. Eles eram os modernos Scooby-Doo e Salsicha. Ele havia providenciado um chamariz para que ela fizesse a detecção. Ela o provocou no jardim com seu osso de borracha favorito e depois o colocou fora de seu alcance, como se ele o tivesse jogado no ar com um pouco de energia demais. Sua comoção atraiu a todos para fora de casa, enquanto ela se abrigou de volta.

Durante três preciosos minutos, ela tinha tido acesso à mochila de Tanya. Usando luvas descartáveis, Narelle tinha remexido a mochila, sem surpresas, para vê-la abarrotada com a maioria de seus objetos de valor portáteis, incluindo a chave suplente de Matt, seu anel de noivado e o dinheiro de emergência da lata de farinha. Ela também tinha encontrado a bolsa de Tanya, com a identificação intacta, um maço de dinheiro e um monte de cartões de crédito de estranhos.

E um telefone celular.

Legs estava animado. A Bones tinha acabado de virar a esquina, com sua mochila e um saco de lixo recheado batendo atrás dela. Ele esperava que algo corresse mal. Ela não apareceria, apanhada pela polícia ou abandonada pelo cachorro idiota novamente. Mas não poderia ter corrido melhor. Ela tinha escolhido uma rua tranquila; as casas estavam na escuridão e eram medianas demais para ter câmeras de vigilância ou qualquer outra coisa. Legs se moveu para fora do carro, feliz que a Bones o tivesse lembrado de desativar a luz interior, e se levantou para encontrá-la.

A única condição que Narelle tinha pedido com sua dica era que ela fosse autorizada a ver a polícia derrubar Tanya e seu cúmplice, embora eles a tivessem apontado para uma posição mais distante do que ela gostaria e seu burburinho diminuísse depois de ficar parada por uma hora.

Mas finalmente, ela viu uma figura alta e sombria encontrar outra, ainda mais alta. Segurou a respiração quando os faróis do carro de repente emitiram uma luz branca, pegando Tanya que passou sua mochila para um jovem masculino.

'PARADOS AÍ! POLÍCIA! Mãos no ar!'

Tanya gritou abusos enquanto seguia o homem, correndo por uma brecha no círculo da polícia preparada com lanternas e tasers. Ela tomou a liderança quando um policial preencheu o espaço e colidiu com seu amplo peito uniformizado. Espalhada no ar como depois de bater no ônibus, suas pernas emaranharam-se com as de seu cúmplice, caindo ambos na sarjeta.

Enquanto a polícia agarrava às algemas, Narelle ria, acariciando o Matt nas costelas.

Ele se inclinou e sussurrou: 'Olhe para você, Relle. Você os pegou - gancho, linha e naufrágio.'

FARDO

Vencedor do prêmio Scarlet Stiletto 2014
Prêmio Great Film Idea

Primeira publicação no *Scarlet Stiletto: O Sexto Corte* - *2014*

FARDO

Uma mulher gritou em uma nota altíssima. O som sinistro ricocheteou de troncos de eucaliptos, fantasmagórica, mas grandiosa ao luar e mexeu as corujas sentinela entre os galhos. O ritmo do *woo, woo, woo* aumentou à medida que as corujas espalharam seu alarme.

O fio de fluorocarbono sob as pontas dos dedos de Jess tremeu. Ela se esticou e espreitou para as sombras.

A linha abaixo de seus dedos já tinha se esticado no momento em que os gritos recomeçaram. Estes gritos mais longos foram respondidos à distância, em algum lugar à sua esquerda. Jess inclinou sua cabeça, fechando os olhos para se concentrar.

Ao longo dos anos, os apelos de acasalamento de raposas vermelhas e gritos humanos pareciam se fundir. Da mesma forma, estalos que poderiam ser tiros eram classificados como fogos de artifício, enquanto janelas quebravam e painéis de carros eram amassados, mas ainda assim eram apenas acidentes. Olhos negros e dentes quebrados eram mais difíceis de ignorar, mas a autopreservação, o medo ou a apatia eram tão debilitantes e difundidos nesta cidade como a artrite nos ossos velhos.

Os sortudos e fortes se afastaram e logo deixaram de lutar pelos que ficaram para trás. O resto não teve escolhas, oportunidades ou força para escapar e arrastou o fardo da dependência financeira, restrições familiares ou de trabalho.

A haste de Jess sacudiu quando a linha foi novamente puxada sob a ponta dos dedos. Ela abriu os olhos e se concentrou no flutuador dez metros na frente. Ela balançou, uma, duas vezes e depois submergiu. Ela sacudiu a vara para cima. Os gritos de raposa-humana se fundiram com os movimentos dos peixes fisgados. Jess pousou sua captura, perguntando-se o que faria se soubesse que os gritos eram humanos.

Ela olhava a truta bonita; seria uma boa ração. Então ela bateu a cabeça em sua carroça de metal e a jogou dentro do balde. Ela se espalhou com sangue e água, enquanto ela chicoteava.

Quando as trutas morreram, ela notou que os gritos também tinham parado e até mesmo as corujas tinham silenciado. Isso parecia mais assustador do que nunca. Mas não tão assustador quanto a constatação de que Jess tinha chances iguais de sair da cidade e de poder defender outra pessoa.

Nenhuma.

A verdade a deprimia, então ela não reabasteceu o gancho, mas se sentou em seu tronco favorito, olhando para a frente. Gradualmente, o sol e a lua apareceram, e Jess despertou de seu transe, alongando a rigidez de seu corpo.

Ela juntou seu equipamento de pesca e passou pelo guarda-florestal quando se dirigia para casa. Um queixo erguido e um pequeno arremesso dos cantos de suas bocas acompanhou seu "dia" e a resposta dele, "Bom dia".

O guarda-florestal não verificou sua captura, mas olhou o bastão na mão direita dela, como fez na maioria dos dias. Ele defendia que os usuários levassem tudo o que trouxessem para o parque e nada mais; sua desaprovação da remoção habitual dela de um longo bastão era clara. Mas ele também sabia que ela não era uma das más, e provavelmente foi por isso que ele a deixou escapar.

Quando Jess chegou à porta principal do chalé, ela jogou o galho sobre a balaustrada em uma pilha crescente. A batida e a raspa de paus enquanto a pilha a deixou com os nervos à flor da pele. Os galhos formavam uma boa pilha, mas mesmo durante o último estalido frio, ela evitava a pilha, a menos que estivesse desesperada, e depois a segurava como um contágio.

Naquele dia ela seguiu sua rotina habitual, a maior parte dormindo quando as pessoas normalmente trabalhavam. E às oito da noite, ela puxou sua van para a entrada de uma fábrica na escuridão, para trabalhar quando a maioria dos outros brincava. Um minuto depois, Jess desengatou o cadeado para a porta de correr por dentro. Uma corrente volumosa moída sobre a roda enquanto ela içava manualmente a persiana. O metal raspou e bateu, mas o som não era tão forte quanto os paus batendo na pilha todas as manhãs.

Jess leu a nota na prancheta pendurada acima do interruptor de luz principal, depois se preparou. Mas assim que ela empurrou um tambor de adesivo de contato para o lugar, um entorpecimento a atingiu dos dedos dos pés ao peito. Ela a esperou e eventualmente conseguiu terminar na fábrica, subir na van e acionar seus pedais.

No centro comunitário próximo, Jess teve um vislumbre de um carro no estacionamento. Seu estômago caiu, e ela rapidamente se dirigiu para a entrada traseira. Lá ela olhou fixamente para o prédio de tijolos amarelos, temendo a noite que se aproximava.

O carro que ela havia evitado era um trabalho chulo. A barra de touro brutal do Holden branco brotou antenas do tamanho de varas de pesca de surf e uma fileira de holofotes montados no telhado apontados para a frente e para trás. Um adesivo do RM Williams longhorn cobria o vidro traseiro e decalques de garotas corpulentas usando nada mais do que saltos altos ou fio-dental sobrepostos a cada outro pedaço de vidro, com o estranho garoto mijando num Ford para dar um toque de classe.

Uma pintura amarelo canário inevitavelmente flanqueou o

carro branco, com manchas maiores e melhores e chaminés de escape verticais cromadas de quatro polegadas de espessura atrás da cabine. E se não fosse obscurecido pelos outros dois carros, Jess sabia que um terceiro carro logo apareceria. O azul da meia-noite era menos caipira do que seus pares, além do mural de uma mulher nua que se estendia sobre o capô e as buzinas de ar triplo em seu teto.

Os carros não eram o problema, porém. A bile cobriu sua garganta pensando nos valentões de pescoço grosso e um bocado barulhentos que os dirigiam com muita força, muita rapidez, muito alto e muito bêbados.

Ela suspirou, enchendo o peito e esvaziando-o depois. A procrastinação não faria o trabalho, e seu chefe pagava pelo armário e não por hora. Ao pular da van, ela disse a si mesma para ignorar os palhaços e esperava que eles fizessem o mesmo.

Jess puxou o carrinho do caminhão, carregou a primeira carcaça de quadro branco e levou a caixa até a entrada traseira. Embora a porta estivesse trancada, o prédio não estava armado, mas ela não ficou surpresa. Os palhaços nos carros tinham chaves e códigos de acesso para qualquer lugar da cidade que fosse importante.

Ela bateu com o carrinho sobre o tapete de entrada e se encolheu enquanto os pneus guincharam sobre o piso de linóleo. Jess empurrou mais rápido, mas a mensagem não funcionou bem entre seu cérebro e a perna esquerda, fazendo com que ela cambaleasse. Por sorte, ela pegou o baque de uma bola e o rangido dos tênis na madeira que vinha do meio da quadra. Os valentões estavam obviamente absorvidos em um jogo de basquete. Ela chegou sem ser molestada até o escritório que ela estava arrumando e expulsou o fôlego que ela tinha segurado.

Jess caminhou indo e voltando para sua van, enquanto o jogo na quadra central continuava. Ela assobiou suavemente uma bola chutada despontava no chão, mas deixou para arrastar a plaina elétrica para fora depois. Seu zumbido estridente tinha desencadeado uma cadeia de cães ontem à noite. Uma vez que ela o ligasse, avisaria que ela estava no prédio tão claro quando uma mensagem nos alto-falantes

E todos sabiam que ela trabalhava sozinha.

Jess gostava de trabalhar sozinha. Fazia jus à sua personalidade e, ultimamente, fazia jus à sua situação. Seu chefe estava feliz com o arranjo, sabendo que ela não precisava de microgerenciamento e era mais produtiva por conta própria do que seus dois filhos cabeçudos juntos. Isso significava que ela fazia mais instalação do que construção hoje em dia, mas com o declínio constante da cidade, empregos criativos tinham se tornado raros, e trabalho barato e funcional a norma, então havia mais desafio em encaixar a maioria dos projetos do que juntando caixas brancas a marteladas na fábrica.

A pilha de bolas tinha crescido, e Jess precisava continuar se movendo . Ela ligou a plaina e depois congelou.

Seu pulso disparou enquanto ela esperava que o barulho se repetisse. Não tinha soado como um jogo inofensivo em uma quadra de basquete. E ela tinha certeza de que não eram as raposas que se atiravam ao longo do aqueduto atrás do centro comunitário. Também era bem diferente do que ela tinha ouvido quando pescou ontem à noite.

Ainda esperando, ela notou que o jogo de bola havia parado. Lentas palmas, gargalhadas e risos, junto com o tilintar das garrafas, foram entorpecidos pelas paredes grossas que circundavam a quadra interna, mas inconfundíveis. Seu estômago enrugou-se enquanto sua imaginação se encheu de imbecis e violência alimentada pelo álcool. O som de vidro estilhaçado disparou seu alarme.

Depois veio novamente o barulho.

'Oh, Deus.' Jess se atrapalhou com a plaina e enfiou uma mão na boca.

O som era assombroso, denso de pânico, e desencadeou relâmpagos dentro de seu corpo. Seus nervos pulsavam. Aleatoriamente. Dolorosamente.

À medida que os gritos se amplificavam, os olhos de Jess

embaçavam e latejavam. Sobrecarregada pelo medo, seu corpo estava se fechando. Seu telefone estava a cerca de um metro de distância, em cima da caixa de ferramentas. Mas a quem ela poderia ligar? A polícia era quem ela precisava parar. Outros locais com autoridade estavam relacionados a eles ou por sangue ou por tipo. E ninguém mais correria o risco de aparecer no centro e enfrentá-los.

Ela apontou para a saída, mas cada movimento foi defasado. Ela finalmente chegou até a porta, fechou a fechadura e apertou o interruptor de luz. Isso a enojou, mas ela teve que pensar primeiro em si mesma e esperar que a pobre pessoa lá fora escapasse com ferimentos físicos reparáveis. Os danos psicológicos já eram um dado adquirido.

Suas pernas se amassaram, e ela se encostou à parede, coração batendo forte, mente processando.

Até agora, os homens não sabiam de sua presença. Eles teriam entrado para assediá-la mais cedo se tivessem se dado conta.

Eles talvez não notassem sua van, pois ela havia estacionado atrás do prédio, enquanto seus carros estavam no estacionamento principal. Mas se eles vissem a van, eles a reconheceriam como sendo dela. Como ela estava renovando progressivamente os escritórios após o horário de expediente, eles saberiam que ela estava dentro do centro, talvez até em qual sala ela trabalhava.

Ela apenas esperava não ter deixado marcas de arranhões no linóleo do carrinho ou serragem transferida da van que os levasse ao seu esconderijo.

Os calafrios faziam os dentes dela rangerem. Com medo de que o barulho a denunciasse, Jess apertou o maxilar. Um grito precedeu um estrondo. Uma porta batendo em alguma coisa, pensou ela. O barulho dos pés correndo e os gritos de raiva aumentaram, depois desvaneceram-se.

Jess apertou os olhos, a mandíbula ainda presa. Ela já era um caso perdido. Eles passavam correndo pela porta dela, então eles devem ter ido para a saída traseira. Não havia como eles perderem a van dela.

Pelo lado positivo, parecia que a pessoa atormentada havia escapado. *Bom para eles.* Isso significava que eles conseguiam se mover. Ela não havia pensado que fosse possível julgando pelos ruídos chocantes que vinham do ginásio.

'Oh, Jess!' A chamada veio em um tom de canção.

Uma voz diferente chamava em tom adocicado semelhante, 'Jess Weldon, sabemos que você está aqui.'

As batidas ecoaram através do edifício. Punhos ou pés batendo em portas ou paredes, ela adivinhou.

'Weldon.' O tom áspero deste orador pertencia ao palhaço do carro branco - o sargento e oficial encarregado na delegacia local da polícia, Craig Barclay, conhecido como 'Barca'. 'Saia. Saia. Da onde quer que você esteja.'

Um murro na parede perto da cabeça de Jess a fez ofegar. Felizmente, sua dica foi perdida no tumulto. Os golpes esporádicos dos homens aceleraram e foram repetidos a tempo com os batimentos rápidos de seu coração.

'Oh, Jess...' O irmão mais novo de Barca e 2IC na estação, Simon, ainda cantarolava. Ela sabia que ele não iria continuar assim. Simon voltaria a batucar e se tornaria mais ameaçador à medida que ele se frustrasse. O ódio saía dele como vapores das pilhas de exaustão de seu carro amarelo.

'Jessie. Saia para brincar.' Isso foi Hodgey, também usando um tom falso-amigável. Tim Hodge estava no fundo do nível da estação a nível de policial e poderia ter sido um cara legal se não tivesse se tornado companheiro dos irmãos Barclay. Hoje em dia, ele era tão apodrecido quanto os outros dois.

'O gato comeu sua língua?' O lado desagradável da Simon emergiu. 'Você ficou burra como seu pai *retardado*?'

As mãos de Jess se fecharam em bolas ossudas enquanto ela controlava sua raiva.

Barca gritou: 'Venha aqui. Agora!'

Dentro de seu bolso do macacão, os dedos de Jess

encontraram uma chave. As pontas dos dedos dela traçaram as marcas em sua lâmina. Ela esperava que o gerente não tivesse mentido quando explicou que, embora as portas externas e as quadras de basquetebol estivessem com chave, cada escritório e depósito tinha uma fechadura única, e ele era a única pessoa com acesso à chave mestra. Ele havia lhe dado uma nova chave enquanto ela trabalhava na renovação do escritório, trocando a que pertencia à sala que acabara de completar pela próxima de sua lista. Cada vez, ele verificava: "*Você não perdeu isto de vista, não é verdade, jovem Jess?* e ela respondia: "*Claro que não.*"

Ela tinha agora uma ideia do porquê de ter sido tão importante para ele. Ele não podia manter o bando do Barca fora do centro, mas podia tentar proteger os escritórios e armazéns.

'Você pode muito bem sair, Weldon' cantarolou Simon. 'Você tem que *sair do armário* algum dia.'

Os homens riram; cacarejos muito, muito cruéis.

'Nós podemos consertar você, você sabe, sapatão.' Barca novamente.

'Sim, tudo o que você precisa é de um homem de verdade.' Hodgey se meteu.

Pensavam que ela era lésbica porque era mulher, fazia um "trabalho de homem", estando nas ferramentas da marcenaria e definitivamente desinteressada em qualquer coisa que tivessem para oferecer. Eles a molestaram física e verbalmente durante anos, mas não lhe tinham arrancado a rebeldia nos olhos dela. Ela sabia que os irritava e os deixava nervosos, mas ela tinha que enfrentá-los de alguma forma.

Bem, ela teria que sair do armário logo; seus sintomas estavam piorando e os sinais eram mais difíceis de esconder por causa da onda de calor prolongada. *Ainda não.* Ela tinha coisas a fazer, arranjos a fazer primeiro.

Esta noite, ela os esperaria ir porque, ao contrário da quadrilha do Barca, ela tinha paciência. Ela podia se acobardar aqui a noite toda, enquanto eles perderiam rapidamente o interesse e passariam para algo mais gratificante instantaneamente. Assim que eles o fizessem, ela zarparia. Isso atrasaria o projeto, mas ela apostou que o gerente iria entender quando visse a bagunça.

Durante a meia-hora seguinte, Jess ficou ouvindo gargalhadas e tentou ignorar os xingamentos, provocações e a ruidosa destruição do edifício. Uma parte dela encontrou o humor sombrio. Ela teria muito mais trabalho aqui. Pelo som disso, ela teria que reformular a recepção e substituir os armários de exposição ao longo dos corredores. Ela apenas esperava que o centro pudesse manter suas portas abertas nesse meio tempo. As atividades que ela desenvolvia eram o único lado positivo de uma vida de merda para a maioria dos habitantes locais.

Finalmente, Barca gritou: 'Você pode ficar, sapata.'

Seu irmão, Simon, acrescentou: 'Bons sonhos.'

Jess ouviu motores de carros distantes dispararem, o guincho de pneus se arrastando, depois o silêncio. Silêncio perfeito. Exceto pelo pulso forte em seus ouvidos.

Por um tempo, ela não se moveu. Ela respirava, estabilizando seu ritmo cardíaco, fornecendo oxigênio a seus músculos na esperança de que eles fizessem o que ela precisava quando lhes pedisse.

Uma vez que ela se sentiu um pouco mais forte, ela ligou para o gerente do centro e contou-lhe o que havia acontecido. Ele chorou, depois agradeceu a ela, o que foi ainda mais lamentável. Depois de remover seu equipamento pessoal, Jess fechou o escritório, escolheu o caminho através da carnificina e trancou a porta da frente. Ela voltou para a parte de trás do prédio, acionou o alarme e saiu. O gerente derramaria mais mil lágrimas antes da hora do almoço de amanhã.

Jess foi para casa, mas não entrou. A rotina era essencial. Então ela caminhou até o lago, tirou coco de pássaro de seu tronco e sentou-se. Mas ela não lançou seu anzol. Hoje à noite ela pescou para obter respostas.

Foi mais difícil do que atrair o tipo com brânquias e ao nascer do sol, ela admitiu a derrota. Com uma vara presa em cada mão, ela passou pelo guarda. Seu rosto foi beliscado. Jess disse bom dia de qualquer forma e arrastou seu corpo para casa.

Os bastões mal saíram da balaustrada quando ela os jogou fora. Eles se agarraram ao amontoado, lembrando ainda mais que o tempo estava desaparecendo.

Jess se deixou entrar no chalé e inalou desinfetante, amoníaco e café estragado; os cheiros de casa. Murmurações suaves confirmaram que a televisão estava sintonizada com o habitual programa de café da manhã. A qualquer momento, ela ouviria o barulho das gargalhadas. Ela sorriu quando chegou e seguiu o som até o primeiro quarto.

Ela bateu e empurrou a porta. 'Bom dia, papai.'

'É a Jess, minha querida.' Ele sorriu com um sorriso sem todos os dentes da frente. As bordas de seus olhos se enrugaram em arcos largos. 'Conte-me sobre seu dia.' Ele deu um tapinha na cama.

Ela lhe disse o que ele precisava ouvir - tudo mentiras - tal como ela fazia na maioria das manhãs.

Ele acenou com a cabeça, depois anunciou: 'Mingau às sete. Banheiro às sete e meia. Lavar às oito. Aumente o volume.' Ele se sentou mais alto na cama, sorriu e entrelaçou seus dedos sobre seu tronco enrugado.

'Claro, papai.' As lágrimas picaram as pálpebras de Jess. Ela angulou seu corpo enquanto recuperava sua dentadura parcial, dando a si mesma tempo para fixar um rosto feliz antes de deslizar as falsificações em sua boca.

Os médicos tinham todos concordado em várias coisas. A recuperação do pai do traumatismo cranioencefálico havia estabilizado - permanentemente. Ele precisava de familiaridade e rotina. Qualquer mudança deveria ser evitada; algo tão dramático quanto tirá-lo de sua casa seria uma sentença de morte.

O pai vivia de acordo com sua rotina. Todas as manhãs, eles seguiam uma lista de objetivos que viviam em sua cabeça, apesar de ele ter perdido a maioria das outras funções. Shelley, que vinha sentar-se com ele diariamente enquanto Jess dormia, disse que a tarde era semelhante. Então a noite era invariavelmente um show de jogos, jantar, notícias, banheiro e sua gama de medicamentos, com o efeito colateral de deixá-lo inconsciente até a manhã.

Os especialistas eram igualmente inflexíveis quanto à necessidade de Jess trabalhar, pois não conseguiam sobreviver com a pensão de um cuidador, e ela precisava de suas pausas, seu tempo de pesca, para se manter sã. Ela não poderia ser a principal cuidadora de seu pai se não cuidasse de si mesma.

Após a segunda e terceira opiniões corresponderem a este conselho, Jess finalmente admitiu que eles estavam certos. Mas seu conselho de "apenas estar e permanecer no presente" era impossível de ser seguido. Ela não podia *não* se preocupar com o futuro. Ela o estudou durante todas as suas horas de vigília, mais algumas de suas horas de sono, como revelavam seus sonhos sombrios.

O que vai acontecer com o pai quando eu não puder cuidar de mim mesma, quanto mais trabalhar ou cuidar dele?

Ela previu um aumento da perseguição por parte do grupo do Barca quando percebessem que ela estava doente. Eles chamariam os Weldons de *aleijados e retardados* e os aterrorizariam incansavelmente.

As mãos de Jess se enrolaram em punhos enquanto ela esperava que o mingau aquecesse. Isso não poderia acontecer. O trio já havia causado danos suficientes a sua família, especialmente ao pai dela.

Ela misturava a papa, olhando feio para ela. *O problema é que ainda não encontrei as respostas mágicas para o nosso felizes para sempre.*

Pouco depois de ajudar o pai a comer o mingau, usar o penico e se lavar nesta parte do dia dele, ela pegou o telefone que tocava.

'Jess?'

Nessa palavra, ela ouviu uma enorme dor, um pequeno

soluço e reconheceu o gerente do centro. Ela disse: 'É horrível, não é mesmo?'

Houve uma longa pausa. Ela percebeu que ele não podia falar por emoção, então não pressionou.

Eventualmente, ele disse: '*Estes cretinos são nossos líderes comunitários.*' Sua voz transbordava de desesperança. '*E o lema da polícia é "defender o direito", hein?*'

Jess bufou. 'O direito a quê? Fazer o que eles querem?'

'*Acho que deveria ser para fazer o que é certo para as pessoas da comunidade.*'

Eles caíram novamente em silêncio. Jess não sabia o que o gerente estava pensando; ela estava fixada em seu pai e no *acidente* dele. Ela nunca seria capaz de provar isso, mas sabia que o mesmo trio que destruiu o centro tinha batido no pai, arrancado seus dentes e o deixaram em coma para se afogar em seu vômito. Pior ainda, ele tinha sobrevivido, mas sofreu danos cerebrais permanentes e desde então o chamavam de *retardado.* Somente Barca tinha usado o uniforme azul na época, servindo sob seu pai, que era o então sargento. A maior maldade foi que a polícia, o médico local e o magistrado encobriram e descreveram o incidente como um acidente auto induzido por embriaguez. Todos eles mentiram. Pouco tempo depois, Barca recebeu uma promoção e, em poucos anos, seus colegas se juntaram a ele na delegacia da polícia, e ele assumiu o comando quando seu pai se aposentou.

A gerente cortou seus pensamentos. '*A companhia de seguros nos deixou na mão.*'

'O que você quer dizer?'

'*Não houve arrombamento. As pessoas a quem tínhamos "concedido acesso" causaram os danos. Portanto, elas não pagarão.*'

'Deus, isso é horrível.' O mesmo havia acontecido com o seguro de invalidez total e permanente de seu pai por causa das mentiras contadas por seus chamados líderes comunitários.

'*Sinto muito por fazer isso com você, Jess.*'

O gerente suspirou e Jess apertou o receptor. Ela antecipou o que estava por vir.

- *Teremos que colocar o escritório em espera por uma semana, talvez mais, até resolvermos esta bagunça e descobrir como vamos consertar o lugar sem o pagamento do seguro.*

Jess balançou a cabeça. *Sem trabalho, sem renda, oh, as alegrias do trabalho ocasional.* Não era culpa dele, mas era uma porcaria.

O pai dela interrompeu com, 'Jess! Você está atrasada.'

Ela checou seu relógio. Ele estava certo. Ela já deveria estar lendo para ele.

O resto do dia seguiu seu fluxo habitual. Jess dormiu quando normalmente dormia, embora não fosse trabalhar hoje à noite. Como ela suspeitava, seu chefe não tinha mais nada para ela. Até que o projeto do centro comunitário fosse retomado ou que algo novo chegasse, ela estava desempregada.

Depois do chá, ela deu ao pai seus remédios e leu para ele até que ele caiu no sono. Mas sem trabalhar naquela noite, ela deixou a van na garagem e seu macacão no armário. Ela ficou ao lado da cama dele e o viu dormir.

Jess amava tanto seu pai que um vício lhe prendeu o tronco até que seu coração se sentiu pronto para explodir. Mas era principalmente a memória de seu pai que ela amava. O rapaz corpulento que ele tinha sido até uma década atrás. Ele dirigia sua própria oficina de marcenaria e estava orgulhoso quando sua filha entrou no negócio, renomeando-a Weldon & Filha, Armários Finos. Eles tinham trabalhado juntos, e em seu tempo livre, caminharam, pescaram e acamparam juntos. Eles haviam debatido assuntos mundiais e competiam em todos os níveis: quem podia ler mais livros, pegar mais peixe, correr mais rápido, montar um móvel mais rápido... Oh, ela tinha tido namorados e ele tinha namorado um pouco, mas os namorados ficaram em segundo lugar e ninguém substituiu a mãe dela, que tinha morrido quando Jess era criança.

Tudo isso mudou após o acidente. Eles perderam o negócio. O namorado de Jess a largou, dizendo que era muito difícil namorar uma garota cujo pai era seu dependente. Ela não tinha energia para uma vida social, de qualquer forma. O pai só se lembrava das coisas banais, de sua rotina diária, e não da política. Eles não podiam mais pescar ou acampar.

E por volta disso, o vandalismo e a cultura do trabalho para amigos se espalhou para se infiltrar na cidade, mais profunda e mais escura do que nunca.

De péssimo humor agora, Jess deixou seu pai e sentou-se no salão com as luzes apagadas, a raiva e o desespero rodopiando em sua mente. Ela permaneceu imóvel por um longo tempo.

Ela se assustou quando brechas nas cortinas emitiram uma luz brilhante antes de registrar o som dos motores dos carros. Ela franziu o sobrolho. Eles nunca tinham convidados. Shelley, os enfermeiros ou médicos do distrito foram os únicos, além de Jess, a passar pela soleira hoje em dia.

Ela inclinou a cabeça e ficou tensa. Seu instinto a advertiu sobre quem tinha estacionado na entrada e que não estavam lá para uma visita amigável, mas para vingança pela noite passada.

Jess caiu de mãos e joelhos no chão e rastejou em direção à janela. Ela pressionou sua orelha contra a parede. Os idiotas estavam falando em voz baixa. Eles não esperavam que seus carros revelassem sua chegada e certamente não estavam fazendo propaganda agora.

Ela ouviu fragmentos da conversa. "...os galões..." "...hora de fazer uma grande fogueira..." O estômago dela fez um nó enquanto entrava em pânico.

Embora ela tenha permanecido bastante forte, seu corpo desafiou seu cérebro aleatoriamente. A esclerose múltipla manteve seu sistema nervoso em cativeiro. Mas, de alguma forma, ela tinha que levar seu pai para um lugar seguro.

Jess reconheceu suas poucas e finas vantagens. Os vândalos provavelmente pensaram que ela tinha ido trabalhar e anteciparam que apenas seu pai estava em casa. Além disso, ela tinha cérebro e teimosia do lado dela. Muitas vezes, nos últimos anos, ela havia contatado a mídia, por telefone, e-mail e correio.

Ela conseguido incredulidade, simpatia e *"Desculpe, mas precisamos mais para excitar o produtor, conseguir o orçamento e fazer uma história."* Mas depois de perturbá-los com tanta frequência, ela havia desgastado um dos nove repórteres do Canal Nove e Jess tinha seu número pessoal guardado em seu celular.

Jess enviou uma rápida mensagem de texto para esse número e colocou seu telefone em silêncio. Quase instantaneamente, ela recebeu uma resposta. Enquanto isso, ela ouviu o raspão de algo sobre metal. Ela visualizou a gangue do Barca tirando os galões de gasolina de seus carros.

Eu tenho que tirar o pai de casa.

Antes de ir para o quarto dele, Jess clicou algumas funções em seu celular e o enfiou cuidadosamente atrás da cortina, de frente para ele através da janela dianteira de todo o comprimento. Ela pode não captar todo o som, mas a visão ao vivo deve ser suficiente.

Ela se sentiu mal fazendo isso, mas enfiou um lenço limpo na boca de seu pai assim que o acordou. Ele murmurou atrás da mordaça enquanto ela o arrastava da cama. Ela se preocupou que as pernas dele mal chegavam ao banheiro quando ele estava bem acordado; agora ele tinha que chegar à garagem, cambaleante com o sono e a medicação.

Barca gritou: 'Vamos fritar um retardado hoje à noite.'

As entranhas de Jess se retorceram. Seu pai deve ter reconhecido o medo primário em seu rosto e sussurros porque ele apertou o braço dela e agarrou sua bengala de quatro pés com a outra mão. Jess gritou dentro de sua cabeça, dizendo ao seu corpo para não os decepcionar. *Amanhã você pode me deitar. Hoje à noite, você tem que nos tirar daqui.*

De alguma forma, eles chegaram à porta dos fundos. As provocações da gangue do Barca foram cruéis. Mas eles ainda pareciam vir da frente da casa de campo. Jess fechou os olhos por dois segundos, rezando para que ela estivesse certa.

Ela desengatou lentamente a fechadura, encolhendo-se no canto alto. Ela empurrou a alavanca para baixo e abriu a porta, polegada por polegada, suando com medo das dobradiças rangerem. Felizmente, eles não o fizeram.

Ela e seu pai estavam quase sem energia. O espaço entre o degrau traseiro e a garagem parecia enorme. Se a perna dela falhasse, eles estavam condenados.

Eles navegaram o degrau enquanto o vidro se estilhaçava e as vozes dos homens aumentavam.

O pai dela agarrou o braço de Jess com tanta força que suas unhas foram cravadas na pele dela. Ela o abraçou e meio que o arrastou até a garagem, esperando que um punho lhe rachasse o crânio.

Eles conseguiram entrar. Jess se apoiou na van, ofegando. Seu pai estava chorando; lágrimas silenciosas, estava temeroso e confuso. Ela esperava que seu celular estivesse pegando tudo e imaginava o título de *notícia de última hora* batendo nas telas de pessoas que viviam em lugares normais, que, se não fosse pela gravação, achariam impossível acreditar na depravação de sua cidade.

Jess ouviu os gritos dentro da casa crescerem frenéticos. Ela achou que a polícia tinha descoberto a cama vazia de seu pai. *Agora ou nunca.* Ela o empurrou para dentro da van, agradecida por estar acostumada a carregar armários que pesavam mais do que ele. Depois de colocar o cinto nele, ela pulou atrás do volante, puxou o cinto de segurança e acionou o motor.

'Se segure, papai.'

Ele olhou para ela, os olhos selvagens. Ela demonstrou. Ele copiou. Ela plantou o pé e apontou para as portas do galpão, bateu nelas e passou por detritos voadores. A van desceu o pátio diretamente no portão traseiro. Ela nunca tinha ficado tão grata por viver em um bloco de esquina com duplo acesso. Então ela imaginou Barca e sua gangue seguindo-os. A van dela não tinha metade da carroceria de seus carros modificados, mas ela se esforçaria ao máximo para superá-los.

Jess calculou. A estrada principal estava próxima, mas uma vez que ela a atingisse, eles seriam alvos fáceis. Ela apontou a van pela rua semi-residencial e ouviu buzinas não muito atrás. Jess fixou os olhos à frente e encravou o pé no acelerador.

As luzes ricochetearam de seu espelho retrovisor nos olhos dela. Ela desviou das esferas branca e focou à frente. Ela afundou os pés no acelerador e o motor da van gritou.

Mais buzinas, gritos, luz mais brilhante da retaguarda. Ela achou que eles tinham acendido seus holofotes. A van de Jess seguiu à esquerda, sobrecorrigiu-se, aterrou as engrenagens e acabou fazendo a próxima curva à direita. Os pneus derraparam e arranharam no cascalho. Ela ainda não podia desacelerar.

Um grito de metal em choque veio com um forte empurrão do furgão. A cabeça dela se abalou e o pai gemeu. Ela assumiu que a barra de touro monstro de Barca estava esmagando seu para-choques. Mas isso lhe deu o impulso que ela precisava e a empurrou por mais um portão, inclinando a van em um meio círculo, lavrando a grama áspera e seca que era o orgulho e a alegria da cidade - o campo de futebol.

Felizmente, ela tinha vindo através do portão no extremo oposto para jogar. Mas uma multidão enfurecida invadiu o campo em direção a van, barracas e carros estacionados circundavam a fronteira, zangados com a interrupção e curiosos.

Depois de seu pai, através da janela lateral, ela viu o bando do Barca avançar. Eles se surpreenderam quando viram o que ela tinha visto nas mãos de números gigantescos da multidão - telefones celulares levantados, registrando a ação como Jess tinha feito em sua casa.

Hodgey bateu com os punhos em sua van, mas Simon bateu com o braço no chão, relutante em ter sua agressão imortalizada. Mas Jess sabia que o dano já havia sido feito - aqui nos últimos dois minutos, mais ainda, na casa. Seu fôlego saiu em um soluço, depois o rosto dela torceu em um sorriso enquanto via os homens recuarem.

O sorriso de Jess foi ampliado. Embora grande parte da multidão ainda estivesse zangada, ela não via velhos amigos e vizinhos tão animados há anos. A energia que eles exibiam só existia em suas memórias, um lugar onde os bons momentos com seu pai haviam sido relegados. Ela assistiu ao fogo da paixão dos habitantes da cidade, sabendo que não haveria felicidade para a aleijada e para o retardado, mas talvez este tenha sido um lado bom.

ÓLEO DE PISTOLA, BACON E ALVEJANTE

Vencedor do prêmio Scarlet Stiletto 2017
Comenda especial

ÓLEO DE PISTOLA, BACON E ALVEJANTE

Ash ensaboou suas mãos com um sanitizante, irritada porque apesar do cheiro antisséptico e da ação calmante, o cheiro de assassinato persistia. Uma ilusão, assim como era o inseto que rastejava fazendo cócegas em sua pele, e nenhum dos dois a impediriam de fazer seu trabalho. Mas isso a deixou louca por não ter conseguido quebrar o hábito crônico.

Desta vez, o gatilho havia sido acendido por uma imagem na tela de seu computador: uma cerca de aço preta enfeitada com flores e imagens. Seus olhos voltaram a uma colagem de nomes e corações que rodeavam um desenho ingênuo de uma mulher com cachos loiros. E, como antes, seu olhar fixou-se nas cinco palavras do centro, rabiscadas em um arco-íris de lápis de cor: " SENTIMOS SUA FALTA, Srta. Binchey".

Uma voz veio de trás, assustando Ash. 'Quarto dia consecutivo.'

Ela se retorceu enquanto a bibliotecária acrescentou: 'Vamos ter que te cobrar o aluguel desse jeito,' depois riu de sua própria piada. 'O que você está tramando, prima?'

Ash minimizou o navegador de internet quando Fin se inclinava sobre o ombro dela e disse: 'Pesquisa.'

'Bem, dã.' Fin sorriu. 'Todos sabemos que a famosa AR Clarke está escrevendo outro bestseller.'

Ash se arrepiou com a tentativa descarada de seu primo mais velho de obter detalhes e mudou de assunto. 'Estou hospedada na casa da mãe –'

'Fugiu de seu homem, não é mesmo?'

Sua prima se inclinou e pressionou o hematoma que desbotou na bochecha de Ash, fazendo-a estremecer profundamente. Ela parou de responder concentrando-se nas rugas pesadas na boca de Fin; sinais de sua sagacidade ácida tanto quanto de sua meia-idade.

'Engraçado, não é? De outra forma, você não teria voltado para Picadunyah - é o que a mamãe acha.'

Ash ficou tensa. Ela havia visto sua tia pela última vez quando tinha cinco anos de idade, e nunca esqueceu sua hostilidade aberta. Aparentemente, isso não havia mudado.

Fin continuou conversando. 'Ouvi dizer que uma árvore fez um estrago na casa da sua mãe. Como estão indo os consertos?'

Aliviada de estar em um terreno mais seguro, Ash disse: 'Por que você acha que estou acampado aqui na biblioteca?' Ela balançou a cabeça. 'Sem energia, ou seja, sem modem, sem internet e sem computador depois que minha bateria acabou, e eu, mamãe e os comerciantes nos metendo no caminho um do outro. É melhor eu ficar fora do caminho durante o dia ou não vou sobreviver escrevendo este livro.'

O rosto de Fin ficou ocupado, ela estava obviamente trabalhando para dizer algo e Ash sentiu que a pergunta difícil estava chegando.

Ela se preparou para um desvio, dizendo: 'Você pode me indicar uma boa referência sobre espingardas de caça?' Ela não precisava dela, pois tinha acumulado muito, incluindo uma linha direta para um especialista em armas de fogo na força policial, mas o ardil funcionou.

Sua prima coçou o queixo. 'Livro-texto, internet ou pessoa?'

Ash não esperava essa resposta e inclinou sua cabeça. Em sua experiência, as coisas da esquerda podiam ser presentes de ouro com a mesma frequência com que bombavam. 'Pessoa.'

'Bernie Chandler tinha uma loja de armas na Main Street.' Fin acenou, dizendo: 'Você não se lembraria,' o que soava crítico. 'Está aposentado há anos, mas ainda sabe mais sobre armas do que qualquer um por aqui.'

'Onde eu o encontraria?'

Fin lhe deu um olhar que dizia que Ash não pertencia à cidade onde ela havia nascido há vinte e nove anos. 'O pub.'

Ash entrou na sala, levantando partículas de poeira na luz que entrava através das janelas. A pele dela coçou, já que vários pares de olhos a atravessaram e antes que ela tivesse a chance de perguntar por Bernie Chandler, o garçom passou o polegar para um homem velho corcunda com a pele de couro que segurava a barra.

Quando ela se apresentou, Chandler chupou seus dentes da frente, depois murmurou: 'Nós sabemos quem você é.'

Não foi um começo promissor, mas o seu "Posso te pagar uma cerveja?" ganhou um meio sorriso.

Ainda foram necessários quatro canecas e um saco de batatas fritas para que ele se soltasse, depois uma contra-refeição de panquecas e purê antes que ela percebesse que ele estava preparado. Até então, ela havia reformulado mentalmente sua pergunta pela centésima vez, visando uma maneira improvisada de perguntar sobre a arma usada por Brian McKelvey para matar Louisa Binchey e duas de suas vítimas anteriores.

'Você viu muitas espingardas Browning de calibre 12 através de sua loja?'

O velho riu. Ele se transformou em um chiado, parando depois que ele deu um tapa na perna.

'Cê é uma vigarista da cidade, não é?'

Não por escolha, mas ela refreou sua resposta.

'A Shotty Browning era tão comum como a lama por aqui naquela época.' Chandler se inclinava para frente, sacudindo outro risinho. 'Metade das fazendas os tinha.' Ele acrescentou, 'Caramba, eu me lembro de vender um para seu pai e seu avô.'

Além de desviar sua prima da pergunta pegajosa sobre seu livro e de acrescentar à sua compreensão da espingarda de escolha de McKelvey, sua conversa com Chandler foi de três horas e quarenta e poucos dólares desperdiçados. Ash resolveu trabalhar para superar sua frustração. Ou até que seu laptop desligasse.

Enquanto navegava na Internet, ela ouvia sua mãe tagarelando com os cães do lado de fora. Ouvir sua mãe feliz valeu a pena voltar e assim estava terminando este livro, mas ela voltaria para a cidade depois de entregar o manuscrito. Ela coçou sua pele enquanto sua mente se dividia entre pensar como ela poderia manter Ren fora de sua vida uma vez que ela voltasse, e o que ela havia descoberto em seu computador.

A polícia pediu um apagão na mídia social após a prisão de um homem pelo suposto sequestro e assassinato da professora Louisa Binchey, 26 anos.

Como tinha sido diferente para Louisa do que as vítimas anteriores da McKelvey? Dois nem sequer se classificaram como notícias nacionais até que ele tivesse encabeçado a audiência de compromisso por matar Louisa, enquanto seu assassinato evocava uma efusão de pesar que quase comprometia a acusação de McKelvey. Mas por mais que a síndrome de simpatia por vítimas femininas atraentes, brancas e abastadas tenha irritado Ash, e por mais que fosse contra seu credo que todas as vítimas deveriam ser tratadas igualmente, ela sabia que se não fosse por Louisa, os casos antigos teriam ficado por resolver.

Um aviso piscou na tela do Ash: *Bateria inferior a 7%*. Ela desligou o computador e sentou-se em seu quarto de infância iluminado por uma lâmpada de óleo, com a pesquisa de livros na mente.

Ela levantou os dedos até o nariz e inalou o cheiro metálico do sangue, mas algo mais também. Por alguma razão, ela imaginava que fosse óleo, mas não para cozinhar, dobradiças que chiam ou carros. Isto era quase tátil, e provavelmente foi apenas sua pesquisa com caçadeira que fez com que sua mente saltasse para o óleo de pistola.

Ash não conseguia se concentrar na manhã seguinte. Durante horas, ela esteve sozinha na biblioteca com Fin e a assistente de sua prima. Na maior parte do tempo, poucas palavras foram trocadas; pouco além do cliente pouco frequente ou do zumbido das luzes e dos computadores para quebrar o silêncio. Talvez esse fosse o problema dela; era muito silencioso em comparação com suas assombrações habituais em Brunswick. Ela lançou seu olhar para as quatro imagens de mulheres em seu laptop e imediatamente duvidou disso.

Ela supunha que sua inquietação poderia derivar daquele momento crucial em que, com o pano de fundo coberto, ela iniciou entrevistas-chave e o fator humano veio à tona. *A verdade é mais estranha do que a ficção* nunca foi tão evidente como para um escritor de crimes reais. Qualquer uma destas entrevistas poderia levá-la inconsciente e enviar o livro a uma situação grave, complicando sua objetividade ou exigindo um novo olhar sobre tudo.

Ash encolheu os ombros, sem saber se esse também era seu problema hoje. Distraída por seu humor estranho, ela agarrou seu celular quando ele tocou, verificando automaticamente a tela. *Ren.* Ela rejeitou sua ligação e esperou pelo bipe inevitável. Ele havia feito uma média de três mensagens por dia desde que ela tinha saído. Ela apagou a última sem ser ouvida.

Com o celular ainda na mão, Ash passou os olhos por cima da biblioteca. A assistente tinha ido cumprir uma tarefa. Sua prima estava em conversa com outra mulher e sua linguagem corporal indicava que seria uma longa conversa. O lugar estava de outra forma deserto. Ela podia muito bem pôr a bola a rolar.

Ash discou o número da parceira de McKelvey, desfrutando o aumento da adrenalina enquanto escutava o toque. Então a caixa postal de Tania Brodie ligou, o bip disparou, e ela se viu dizendo: "Esta é Ashley Clarke", seguido por sua propaganda usual.

Em seguida, ela telefonou para a prisão Barwon, confirmando que estava na lista de visitantes de McKelvey e seu compromisso para a semana seguinte. Ela marcou como feito e começou a digitar um novo número.

'Você está escrevendo sobre Louisa Binchey?'

O pulso de Ash bateu forte. A verdade não podia ser evitada para sempre. Ela girou-se, admitindo: 'Sim.' Ela e Fin se deram uma longa olhada. 'Todas as vítimas de Brian McKelvey, na verdade.'

As pupilas de sua prima se contraíram como alfinetadas em seus olhos azuis pálidos. Culpa atou o estômago de Ash. Ela não estava escrevendo sobre isso por fama ou fortuna ou para ferir outras pessoas, incluindo Fin. Desde que ela era uma menininha- muito antes da morte de Louisa Binchey - ela sabia que tinha que escrever sobre McKelvey. Era o seu propósito na vida. Mas ela teve que cravar os dentes em dois outros livros antes de poder contar esta história.

Fin balançou a cabeça. 'Como você pôde?' Sem esperar por uma resposta, ela se movimentou e fugiu para o lado de fora, tirando seu celular do bolso.

A tarde foi interminável, esticando os nervos de Ash. Fin não tinha voltado a falar com ela e Ash fingiu não se importar com seu olhar maligno. Ela tinha enfrentado o abuso de Ren; ela podia lidar com a prima caipira.

Ela embaralhou seus cartões de índice, questionando novamente a causa de sua agitação de hoje. O ping em seu celular só vagamente se registrou, mas ela se tornou alerta depois que o polegar abriu uma nova mensagem.

"CACE O QUE FAZER!" Escrito em letras maiúsculas, sem assinatura e de alguém fora de sua lista de contatos.

Ash localizou Fin, que parecia estar ocupada esvaziando uma caixa de devoluções, e observou sua prima enquanto ela discava o número do remetente: nenhuma reação e a chamada tocou.

Ela ponderou sobre outras possibilidades. O fato de McKelvey poder estar tentando afugentá-la. Suas sobrancelhas se levantaram, pensando que Ren poderia estar ficando mais criativo, esperando levá-la de volta a Melbourne com ameaças veladas, já que a mendicância não tinha funcionado. Ou talvez McKelvey tivesse mudado de tom. Ele aparentemente tinha gostado da atenção da mídia durante seu julgamento, e tinha saltado ao pedido dela para uma entrevista, mas ele poderia estar brincando com ela, fazendo-a trabalhar mais duro para isso.

Ash pensou em bloquear o número, mas não o fez, curiosa em vez de intimidada. Então ela novamente se fixou nas quatro imagens em seu computador, e o bolo em seu intestino aumentou.

Ela se sentou na frente do assento de plástico duro e suado, murmurando: "Ainda não entendi."

As mulheres se encaixavam em uma faixa etária de vinte e três até a idade de Ash: vinte e nove anos. Cada uma era solteira, loira e branca, embora apenas Louisa e Rachel fossem deslumbrantes, o que possivelmente explicava porque Kristen e Jodie tinham atraído pouca imprensa, por mais injusto que isso fosse.

A polícia tinha encontrado a arma de McKelvey, com suas impressões digitais claras. E apesar de não conseguir recuperar o número de série da arma, a perícia combinou a bala na câmara com as cápsulas encontradas nas cenas de morte de Louisa, Kristen e Rachel.

Todos os crimes ligados a Picadunyah, esta cidadezinha de pauzinhos com uma população de noventa e sete habitantes, sua maior reivindicação é a fama de um pub de casebre de casca de árvore supostamente frequentado pela gangue Kelly nos tempos do forasteiro. Rachel foi morta a cinco quilômetros de distância da biblioteca. As outras três foram raptadas de diferentes partes de Melbourne e levadas para o mato na periferia de Picadunyah.

Tudo isso se encaixou, forensicamente e, de modo geral, logisticamente. Mas as diferenças sempre incomodaram Ash. Ela correu através delas novamente.

Os crimes contra Louisa, Kristen e Jodie haviam ocorrido durante sete anos e nesta década, enquanto Rachel foi morta em 1993.

McKelvey havia sequestrado e mantido Louisa por duas semanas. Ele a havia agredido repetidamente, depois a matou por trás, chovendo tiros nas costas, perfurando seu coração e outros órgãos importantes. O destino de Kristen dezoito meses antes havia sido quase idêntico, exceto que ela havia morrido seis dias após McKelvey tê-la raptado. Antes disso, Jodie havia sido tratada de forma semelhante, além de McKelvey tê-la deixado ir depois de duas noites.

Por outro lado, Rachel não havia sido raptada ou agredida, mas morta em casa, na fazenda que ela havia compartilhado com sua mãe viúva, sua irmã e seus avós, agora mortos. Ela tinha sido baleada na frente, no rosto.

A massa de provas parecia irrefutável e o tribunal havia condenado McKelvey pelos três assassinatos, e pelo sequestro e assalto de Jodie. No entanto, apesar de permanecer em silêncio sobre os três casos durante a investigação e os julgamentos, McKelvey havia protestado frequentemente sua inocência por um deles: Rachel. Mas o que mais incomodava Ash era que os infratores eram conhecidos por escalar de assalto a assassinato. Não o contrário.

Ela sussurrou: "Rachel e Jodie estão na ordem errada".

O SUV de Ash chutou uma nuvem de poeira quando ela fez a curva na entrada de sua mãe. Não foi a primeira vez que ela viu a ironia de ter passado seus primeiros cinco anos aqui, mas nunca seria sua casa. Ela estacionou atrás da casa e viu os cães confinados à sua casinha. Estranho. E assim era a ausência de carros comerciais no pátio.

Com um pé dentro de casa, ela ficou incomodada com seu silêncio e sua tristeza. Desde que ela estava aqui, as cortinas tinham sido puxadas para a luz natural durante os dias; lâmpadas de óleo e velas fundindo um brilho quente à noite. Hoje, as janelas estavam cobertas.

'Mãe?'

Sem resposta.

O pavor pesou sobre Ash e ela chamou novamente. Algo do passado distante ou talvez puramente inato arrastou seus pés para o quarto principal. Ela empurrou a porta e viu sua mãe deitada na cama, aconchegada em si mesma.

'Você está bem?'

Incapaz de entender a resposta abafada, ela entrou no quarto e acendeu a lâmpada junto à cama. Com o toque de Ash em seu ombro, sua mãe se virou. O rosto dela estava inchado e manchado na luz cintilante.

'Por que, Ashie? 'Sua mãe fungou com voz de choro.

Então, a notícia já se espalhou.

'Alguém tem que contar a história de Rachel.' Ash alcançou a mão da mãe dela. 'Alguém que pode ser objetivo, mas que se importa.'

A mãe dela suspirou, o som foi longo e trêmulo.

'Eu ia lhe dizer...' Ash não terminou. Suas razões pareciam fracas agora.

'Você vai fazer isso bem.' Sua mãe enrolou os dedos ao redor dos de Ash. 'Seu pai costumava me enviar todas as suas histórias, junto com seus relatórios escolares, para que eu pudesse ver o quanto você estava se saindo bem. Eu li seus livros três vezes.' Ela deu outro suspiro. 'Estou tão orgulhosa de você. Provavelmente esqueci de lhe dizer isso.' Uma lágrima vazou e rolou para o lado da boca dela.

Ela *havia* esquecido. Ash limpou o rastro molhado da bochecha de sua mãe.

'Sinto muito por não ter sido uma boa mãe, Ashie.'

'Shhhh. Não diga isso.'

'Que tipo de mulher diz a seu marido para ir embora e levar seu bebê?' A exaustão se sobrepôs às suas palavras. 'Vocês dois foram as melhores partes da minha vida. E agora ele se foi. E você está toda crescida.'

Os dedos delas se apertaram.

'Mas, Ashie... esta história...é sombria.'

Ela deslizou do aperto de Ash e se enrolou em uma bola.

'Fin quer saber se você vai trabalhar aqui por muito mais tempo.' A assistente da biblioteca não conseguia olhar Ash diretamente. 'Ela diz que é ruim para os negócios.'

'Ah, sério?' Os olhos de Ash varreram o edifício. Ela nunca havia visto uma multidão em Picadunyah para rivalizar com esta. Ela olhou para as costas da cabeça loira e cinzenta de Fin e acrescentou: 'Diga a ela que ainda vou ficar aqui por um tempo.'

A menina acenou com a cabeça e se juntou a um grupo. Eles sussurraram entre si, disparando seus olhares.

O celular de Ash vibrou oportunamente. Seu interlocutor não estava em seus contatos, o que incluía o novo que ela havia acrescentado ontem como *Anon SMS*.

'Olá?'

Ela ouviu o barulho de um bonde e o sussurro de respirar pela linha.

Então: *'Por que você está fazendo isso?'*

'Ren?'

'Você pertence aqui, Ash,' lamentou ele. *'Comigo.'*

'Não é verdade.'

'Dê-me outra oportunidade. Por favor!'

Ela pensou em seus bons momentos. Depois os tóxicos. 'Não, Ren. Eu lhe disse: "Uma vez pode ter sido um acidente, mas me bateu duas vezes e eu me vou.'

O silêncio perdurou até ele perguntar: *'Você está perto de encerrar a história de McKelvey?'*

'Está chegando lá.' Ash se arrependeu instantaneamente de tê-lo deixado engajá-la.

'Ainda escrevendo na biblioteca?' Quando ela não respondeu, ele acrescentou: *'Venha para casa. Você vai conseguir fazer isso mais rápido aqui.'*

'Não é mais a minha casa.' Ela imaginou seu rosto e insistiu: 'Ren, deixe-me ir. Nós dois precisamos seguir em frente.'

'Volte aqui.' Havia uma fúria silenciosa em seu tom.

'Não.' Ash foi dura. 'E não me ligue de novo... em seu próprio telefone ou em qualquer outro. É perseguição, é uma ofensa e eu vou denunciá-lo à polícia. Entendeu?'

'Ash-'

Sua mão tremia quando ela desligou, mas ela pulsava com energia. Então ela recebeu um novo SMS, notando que o remetente era seu comunicador anônimo.

"VÁ PARA CASA OU VOCÊ MESMA SERÁ NOTÍCIA QUANDO ENCONTRAREM SEU CORPO NA BIBLIOTECA".

O policial a fitou. 'E você acha que este é o trabalho de seu namorado?'

'*Ex*-namorado,' Ash corrigiu-o.

'Não tenho certeza se isto é algo além de estar um pouco entusiasmado demais.' Seu sotaque deu a palavra sílabas extras.

'É uma ameaça.'

O sargento Bateman ponderou, eventualmente dizendo: 'Você poderia vê-la tão facilmente como um aviso para tomar cuidado - ele mostrando preocupação com o fato de que seu livro vai colocá-la em conflito.'

Ash pensou em e-mails ou textos que ela havia enviado no passado que os destinatários haviam entendido mal porque o tom era difícil de transmitir eletronicamente. 'Suponho que sim.'

'Ainda bem que você concorda.' Bateman assentiu, depois de um largo sorriso. 'E isto,' ele deu um toque no telefone dela, 'poderia ter vindo facilmente de alguém que não fosse seu namorado, não poderia?'

Ele a pegou de novo.

'Mas o momento –'

'Pode ser coincidência.' Ele pausou, antes de acrescentar, 'Agora, digamos por um momento que é uma ameaça, o que você está escrevendo sobre agitou as coisas por aqui, de modo que muita gente teria um interesse maior do que seu namorado em impedi-la. De acordo?'

Ele fazia sentido. Entre aliados e entes queridos de McKelvey e suas quatro vítimas, um grande número de pessoas se emocionou muito com os casos. Alguns ainda acreditavam que ele havia sido condenado injustamente. Outros estavam desesperados por respostas. Ash murchou.

O sargento bateu no formulário em branco. 'Então, você ainda quer ir em frente com a denúncia de seu namorado como perseguidor?'

Quando Ash chegou à casa de sua mãe naquela tarde, ela encontrou os pedreiros indo embora, mas nenhum sinal de sua mãe ou dos cães.

Ela aproveitou a oportunidade para vaguear pela sala de estar, que não foi afetada pela árvore caída, mas era raramente usada em favor do recanto adjacente à cozinha. De pé no meio, ela girava lentamente, e seus olhos se viraram sobre as paredes e prateleiras, sofá e tapetes espalhados pelo chão. Os risos profundos de seu pai, e de sua mãe cantando e tocando um violão, eram tão reais quanto ela podia ver. Esta sala mal havia mudado nos anos seguintes, se sua memória pré-escolar fosse confiável.

Ligeiramente tonta quando ela parou de girar, Ash se deixou levar por uma prateleira de fotografias e bibelôs, sua garganta se apertou quando viu lembranças que devem ter sido enviadas por seu pai, juntamente com algumas das raras e quebradiças visitas de sua mãe com eles em Thornbury.

Por alguns minutos, ela tentou visualizar como teria sido sua vida se ela e seu pai tivessem ficado em Picadunyah.

Ela não pôde.

Ash botou as pernas para fora do carro na manhã seguinte e olhou de relance para a casa da fazenda. *Ainda branca com um teto de lata pintado de vermelho*. Ela não conseguia distinguir a figura no alpendre até chegar ao degrau inferior.

'Então, você veio.' Apesar de mais um dia de calor, a mulher envolveu seus braços como se estivesse gelada. 'Esperava, já que Fin me disse o que você está fazendo.'

Ela inclinou a cabeça em direção à porta, conduzindo o caminho para dentro e através da cozinha.

'Sente-se. Vou pegar uma limonada para nós.'

Ash assentiu, surpresa pelo aperto em seu peito enquanto ela observava a tia Kerry puxar um jarro da geladeira, extrair dois copos da cômoda e servir. A cena era de alguma forma tão familiar quanto o revestimento do lado de fora.

Kerry sentou-se diretamente na frente de Ash. Sua expressão não parava de mudar e era impossível de medir. 'Há quanto tempo.'

'Muito.' Ash tomou um gole de limonada. O sabor encheu a boca dela e ela deixou escapar, 'receita da vovó?'

'Sim.'

'É boa.'

Kerry assentiu e elas caíram em silêncio.

Ash escaneou a sala, avaliando que ela estava tão inalterada quanto a sala da mãe, depois se sentiu intrusiva e deixou cair os olhos. Um segundo depois, ela vacilou quando os dedos de Kerry acariciaram sua linha da mandíbula, inclinando seu rosto em direção à luz. Por sorte, o hematoma de Ren havia cicatrizado.

'Sabia que você seria linda... assim como a minha Rach.'

Ash havia se lembrado desta casa e de Kerry como pouco amigáveis, em desacordo agora com o toque suave de sua tia e um fluxo de outras lembranças. Felizes. Da mesa entre eles amontoada com comida. Suas s primas, Fin e Rachel - uma simples, a outra linda, mas ambas tão crescidas brigando brincalhonas. Sua tia descascando milho com Ash. A mãe de Ash e Kerry se abraçando. A mãe e o pai dela dançando na frente do fogão, e sendo mandados para fora por sua avó risonha, enquanto vovô virava a página de seu jornal, dando-lhe um abanão.

A respiração de Ash ficou presa e ela encontrou os olhos úmidos de Kerry. A tia dela enxugou uma lágrima e tirou uma foto emoldurada do parapeito da janela.

'Você é a cara dela. Agora eu sei como ela teria sido na sua idade, se não tivesse sido tirada de mim.'

Ash estudou a foto, vendo Rachel com novos olhos. Ela usava seu próprio cabelo mais curto e não era tão bonita quanto sua prima, mas elas poderiam ter passado por irmãs.

Ash viajou ao longo da rua principal e se deslocou no banco do carro, enrugando seu nariz ao suor deslizando em direção ao seu traseiro. *E são apenas 9 horas da manhã.* Ela trocou os pensamentos de outro dia de calor iminente para suas prioridades.

A menos que Tania Brodie fosse sua anti-amiga-a-distância anônima, ela não tinha respondido à chamada de Ash, então um próximo suspeito estava no topo da lista, juntamente com o contato com a mãe de McKelvey. Ambos podiam esperar um pouco, no entanto.

Da mesma forma, ela se fixou no SMS enviado para seu telefone ontem à noite. "FIQUE LONGE DISSO." Uma ameaça, não um aviso, com seu anexo, "OU VOCÊ SERÁ A PRÓXIMA!" Sem novas pistas sobre sua perseguidora, a polícia não poderia agir.

Ela decidiu se concentrar na tia Kerry, por enquanto. Mas depois, sua mente se esquivou para as palavras de um blogueiro que ela havia lido antes de dormir, ontem à noite.

Sem nenhuma ligação entre McKelvey e Rachel Alistair, exceto invólucros e resíduos de sêmen, a polícia e os tribunais se enganaram?

Fatigada já graças à sua mente hiperativa, Ash bocejou. No instante seguinte, ela passou por Fin, que estava vindo da direção oposta para o estacionamento da biblioteca. Ela respondeu ao olhar de sua prima com um pequeno aceno e seguiu em frente.

Minutos depois, Kerry a encontrou no alpendre como ontem, exceto que desta vez ela estava vestindo um sorriso tênue.

'Quer ver primeiro o resto do lugar?'

'Por favor.'

Ash seguiu sua tia para dentro e para o primeiro quarto fora do corredor. Ela escaneou, absorvendo aquilo novamente, pouco tinha mudado. Seus olhos caíram sobre um grande espelho que a puxou para acariciar sua estrutura esculpida e depois pressionou uma flor na esquina. Após um clique, ela deslizou o espelho para o lado, revelando um suporte vazio.

'Livramo-nos delas.' Kerry limpou sua garganta. 'Não suportava ter armas no lugar depois de Rach -' Ela travou.

Ash acenou com a cabeça, enquanto sua mente se desviava.

Nenhuma arma encontrada no local do crime, nenhuma testemunha, nenhum motivo, nenhuma pista.

A morte de Rachel havia sido relegada ao status de caso arquivado até que a polícia prendeu McKelvey pelo assassinato de Louisa e, posteriormente, vinculou as mortes por meio de testes forenses retrospectivos.

Ela olhou para um ponto desbotado no sofá e lembrou do arquivo do caso que o sêmen da McKelvey tinha sido encontrado lá. *No entanto, Rachel não foi estuprada e ele tinha usado preservativos para as outras?*

Seus pensamentos voaram para sua conversa com o velho Bernie Chandler e ela encontrou o olhar de Kerry no espelho. 'O McKelvey usou a Browning do vovô?'

Kerry esfregou em sulcos entrecruzando a testa. 'Ela desapareceu naquele dia. Eu nunca disse a ninguém.' Ela acenou coxeando para o armário de armas. 'Eu não podia admitir que a culpa era minha. Que guardar as armas naquela coisa, em vez de um cofre devidamente trancado, deu-lhe a arma para matar minha Rach.'

Ash se sentiu em conflito. Sua tia era uma completa estranha, e como viúva e fazendeira ela tinha que ser forte. Ela poderia rejeitar o consolo de sua sobrinha ou desejá-lo.

Kerry fungou e salvou Ash com: - Pronta para ver mais?

Ela acenou com a cabeça. Seguindo atrás de Kerry, ela pensou vagamente ter ouvido algo lá fora. *Aquilo era um carro?* Então ela se lembrou da mensagem que deveria transmitir.

'A mãe também está achando isso difícil.'

Eufemismo.

Kerry parou de costas para Ash.

'Ela escreveu para você, mas guardou-o, nunca o enviou. Eu não sabia até que ela me fez ler isto.' Ash tirou um bilhete do bolso dela. 'Mamãe não pôde se perdoar porque Rachel lhe telefonou naquele dia... algo não estava certo, mas ela esperou até depois da minha soneca para vir até aqui. Era tarde demais.'

Kerry virou-se lentamente e pegou o papel. Seus lábios falavam silenciosamente as palavras enquanto lia a nota e, em seguida, apertou os lábios. 'Eu senti que algo estava errado também, mas fiquei no pátio de vendas ao invés de voltar para casa.' Ela engoliu com força. 'Ainda não me perdoei por isso e pela trava da arma, mas estou vivendo com isso.' Ela redobrou o papel. 'Então, você diga à sua mãe que vinte e quatro anos é muito tempo para se punir e ficar sem a irmã mais velha.'

Eles trocaram um olhar triste e Kerry continuou andando, levando Ash através de cada sala. Fizeram uma pausa na soleira do último quarto.

'O quarto das meninas?'

Sua tia acenou com a cabeça. 'Você pode olhar em volta. Eu preferiria não fazer isso.' Ela apontou. 'Fin vive na cidade agora, mas é melhor não perturbar o lado dela.'

Ash apreciou ser deixada para explorar. Ela encontrou uma pasta de contos e percebeu que, além de sua semelhança física, ela compartilhava o amor de escrever com sua prima morta. Enquanto ela folheava os álbuns de fotos de Rachel, sua pele formigava.

Depois de esgotar o que restava da vida de Rachel, ela viu mais álbuns na prateleira de Fin e achou que uma espiada não faria mal. Ao folhear, Ash observou que muitas das fotografias de família eram cópias de Rachel, mas enquanto sua prima morta também havia sido capturada em ambientes sociais e acadêmicos, a coleção de Fin apenas revelou que ela gostava da vida selvagem.

Ash virou uma página e várias fotos polaroid dispersaram. Ela se atirou para resgatá-las, seus olhos se alargaram enquanto as pegava. Estas se desviaram dos assuntos de estimação de Fin e eram de uma motocicleta, uma fogueira e o mato fora da cidade. Outra foto retratava apenas dois pares de pernas bem entrelaçadas. O próximo fez com que ela arfasse e depois se aproximasse. Em uma selfie desajeitada, Fin sorriu para a câmera e se agarrou a McKelvey, cujos lábios pairavam sobre uma nova mordida de amor em seu peito.

As mãos de Ash ficaram escorregadias de suor e ela as limpou em suas pernas. Os pensamentos se tornaram um tanto tensos. Ao contrário das outras três vítimas de McKelvey, Rachel não tinha sido sequestrada ou agredida sexualmente, e ela foi baleada no rosto, não por trás, com a Browning do vovô.

Ela se levantou, assaltada pelos cheiros de carne, óleo de arma, bacon e alvejante, e tonta com um flashback de sua mãe gritando, *"Ashie, vá para dentro! Agora!" A* Mãe a empurrou em direção à cozinha, bloqueando algo: o corpo de Rachel.

Seu "eu" adulto correu para a cozinha, mas sua perspectiva distorceu para vê-la como sua versão pré-escolar. Pouco real, ela sentiu o cheiro de gordura de bacon congelada em um prato, viu um trapo sujo e uma pequena garrafa de óleo, e viu Fin entrar, puxando para baixo o ombro de seu top e massageando um grande vergão vermelho. Então, Fin notou Ash e se jogou em cima dela, impulsionando-a para a parede. Com os braços de cada lado da cabeça de Ash, a pele de Fin fedia a alvejante e seu rosto se retorcia de raiva.

A cena se desfez em uma confusão de memórias - pessoas em lágrimas ou gritos, sirenes uivando, sua mãe chorando e se trancando em seu quarto - tudo guardado por sua mente de cinco anos de idade. Até agora.

Ash foi sacudida do passado quando dedos afundaram na pele de seu antebraço.

'Você sabe, não sabe, prima?'

Ela encontrou os olhos de Fin. Eles estavam cheios do mesmo

veneno que ela havia visto no dia em que Rachel morreu. Ela percebeu que o vergão no ombro de Fin deve ter sido uma ferida do recuo da espingarda, e ela havia usado alvejante para esfregar o sangue de sua irmã. Também fez sentido as ameaças que Ash tinha recebido. Fin não queria que ela escrevesse o livro.

Ash se esquivou em direção ao armário. 'Você a matou.'

'Bem, dã.'

Ela pensou em sua linda prima morta, a fotografia de Fin jogada sobre McKelvey e seu sêmen no sofá. 'Você era a namorada de McKelvey, mas ele gostava de Rachel e você não conseguia lidar com isso.'

Os olhos de Fin se estreitaram. 'Inteligente.' Ela riu. 'Mas não esperta o suficiente.' Ela se aproximou de Ash.

Mas Ash pisou para o lado, e quando ela puxou a gaveta da cômoda, suas pontas dos dedos tocaram o rolo de massa da avó, onde sempre pertenceu. Em seguida, estava na palma da mão, sólida e pesada, enquanto sua prima segurava as mãos em torno do pescoço de Ash. Tonta, e com seus olhos cheios de manchas, Ash balançou a madeira para o lado da cabeça de Fin. Mas o golpe não a impediu. Fin agarrou com mais força. Ash não conseguia mais segurar o cabo. A visão dela afundou.

Ela ouviu um grunhido, depois a pressão no pescoço foi liberada. Ela cambaleou para trás e viu Fin desmoronar.

'Eu não teria acreditado, se não tivesse ouvido pessoalmente.'

Ash foi em direção à sua tia, que deixou cair o rolo de papel pintado com o sangue de sua filha.

'Mas, de alguma forma, isso não me surpreende. Isso significa que eu não sou uma boa mãe?'

Fez eco ao que a mãe de Ash havia dito. Mas, na verdade, todos os seus problemas se deviam a Fin e seu amor por um homem mau. Ash balançou a cabeça.

Kerry exalou, longa e lentamente. 'Vou chamar o Sargento Bateman.'

DUPLICIDADE

Prêmio Scarlet Stiletto Scarletto 2018
Comenda especial

DUPLICIDADE

Eu observo o pulso em seu pescoço. Tick. Tick. Tick. Nada. Uma pausa tão longa que eu prendo minha respiração. Não pode ser assim; precisamos de mais tempo. Tínhamos planejado aprender francês e ligar pelo Skype para um casal simpático com o qual iríamos alternar férias na França e na Austrália, pisar em uvas e beber vinho, bronzear-nos até ficarmos dourados em tantas praias de nudismo quanto pudéssemos. Ainda não o fizemos.

Você ainda não respirou. Meu coração está na minha garganta - entendo esse ditado agora. Estou prestes a chamar uma enfermeira quando você respira fundo e estremece. E mais dois. Você suspira, e sua exalação roça minha pele.

Olhando em seus olhos, acaricio sua testa e vejo que você ainda está lá dentro. Ainda está comigo. Meus lábios fazem curvas fracas para cima, e de alguma forma minhas tensas cordas vocais conseguem dizer: 'Eu te amo, Guy.'

Sua boca puxa nos cantos enquanto você tenta sorrir de volta.

Alguns dias eu me sento com você e não tenho nada a dizer. Sinto-me culpada, repensando as coisas de que poderia falar, como nossa conversa, na maioria das vezes unilateral, poderia ser. Eu conversando sobre coisas que você não pode desfrutar ou se importar com elas. Tirei uma longa licença de serviço e estou aqui todos os dias. O que importa para você se é quarta ou sexta-feira? E por que atormentá-lo com o quanto é lindo lá fora - fresco mas claro, a brisa perfumada com flor - enquanto você se deita em sua cama?

Outros dias, o silêncio em seu quarto - exceto o assobio rítmico do ar que se liberta ou enche seu colchão de ar, e o guizo dentro do sistema de ar condicionado - me tortura, e não posso sossegar minha língua. Não há filtro entre meus pensamentos e o que sai de minha boca.

Hoje é um pouco de ambos. Não tenho certeza se devo compartilhar o que está em minha mente, mas me sinto impulsionada a isso. Eu me mudo para a janela e espio o movimento no jardim do pátio.

'Há um cauda-de-leque-de-garganta-preta lá fora, Guy.'

O minúsculo pássaro dá pulinhos ao redor, seu rabo espanador tremendo.

'Sua mãe costumava dizer: "cauda-de-leque-de-garganta-preta são portadores de más notícias, lembra-se? Fascinada pelo folclore aborígine, não era ela? Eu ouvi outra versão da lenda do *jitta jitta* - eles trazem crianças espirituais para suas mães.'

Com essa abertura, eu me viro e olho para você. 'Você sabe que dia é hoje?'

Seus olhos estão abertos, mas você pode estar dormindo. Nada muda em seu rosto, nem mesmo quando eu digo: 'O aniversário dela.'

Eu trabalho duro para manter minha voz amena. Sentada novamente, seguro sua mão e falo de nossa Meaghan. Memórias de muito tempo atrás. Pensamentos do que poderia ter sido.

'Ela teria trinta anos hoje, a mesma idade que eu quando a tivemos. Talvez ela já tivesse tido seu próprio bebê a esta altura. Imagina-nos como avós.'

Eu sinto algo e me concentro em você. Você está olhando fixamente para o teto, sem piscar, com a cara imóvel. Mas seus olhos estão vidrados. Uma lágrima desliza pela sua bochecha que eu capto com um lenço de papel.

Você ainda está lá dentro. Ainda está comigo.

De volta a casa mais tarde, eu me fechei em seu escritório e acendi uma fogueira. Ela estala e crepita, mas tenho que frisar os braços para me aquecer enquanto pisoteio as tábuas do chão. Não estou tranquila. Estou solitária.

Por mais de uma década, nossa rotina tem sido padronizada. Teríamos lasanha, pão de alho, bagatela e uma esponja Lamington - todas as favoritas da Meaghan - para marcar o que era seu aniversário. Cheios de comidas muito ricas, entrávamos aqui, acendíamos o fogo, folheávamos as fotos de família e nos perguntávamos como nossa garota teria mudado ao se tornar uma mulher. Lamentaríamos a razão pela qual ela teve que morrer com apenas dezesseis anos.

Eu olho para os álbuns e lembranças. Faço a reflexão, o lamento sozinha, ridiculamente colocar para fora que você deixou tudo isso para mim. Sentada na sua mesa, acho que agora é minha. Ou será em breve. Muito em breve. Com essa triste verdade e Meaghan na minha mente, não quero ir para a cama até que meus olhos estejam embaçados e granulosos de cansaço. Talvez então eu durma sem acordar de repente, gritando, com o rosto molhado de lágrimas.

Tudo isso aconteceu tão rápido. Você foi para o hospital para passar a noite, um monte de exames e testes, e dentro de uma semana foi transferido para o hospital, deteriorando-se rapidamente. Sem tempo para planejar, colocar as coisas em ordem. Pode já haver ações que precisem de atenção, contas atrasadas, então começo a vasculhar suas gavetas.

Há uma pasta com um pequeno número de contas, uma a ser paga esta semana, mas isso não pode ser tudo. Quais contas são pagas automaticamente pelo nosso banco, ou são recebidas em seu e-mail?

Estou fora de contato. Desde que o corpo de Meaghan foi recuperado de Red Point, sua bicicleta abandonada no penhasco acima, encostada no banco onde ela adorava observar as ondas, pensar, sonhar. Ela não teria pulado - todos concordaram com isso. Um acidente, disseram eles, ela escorregou de alguma forma. Mas minha dor, medo e dúvida cresceram até que você me levou a Emergência, onde fomos conduzidos para uma avaliação psiquiátrica, e qualquer que fosse o último fio que me ligava, quebrou. Sóbria, eu escorreguei no chão e você me abraçou com força por um longo tempo. Lembro-me disso claramente, mesmo que minha recuperação seja em sua maioria um borrão. A pessoa que saiu do outro lado não é a mesma Darcy Moordish. Ainda me dedico ao meu trabalho - Aromista Sênior na AVA Essences - mas inútil no mundano: compras, tarefas domésticas, pagamento de contas, que aterrissaram em você. E aprendi a manter minhas dúvidas sobre a morte de nossa Meaghan para mim mesma.

Tenho vergonha do meu estado de espírito mórbido. Procuro lembranças felizes de nós três para honrar o aniversário da Meaghan. Funciona até que me deparo com uma folha de papel forrado de folhas soltas, dobrada e desdobrada. A caligrafia do passado.

Lendo-o em voz alta, minha voz treme. "Não posso mais fazer isto".

Procurando de volta, não consigo colocar a escrita, mas sei que deveria ser capaz, e essas cinco palavras na página A4 me tocam. A nota deve ter sido importante para que você a guardasse.

Adormeço em sua mesa, pensando que a lacuna em nossas vidas cresceu mais do que eu tinha percebido.

Toda a intenção de lhe perguntar sobre o bilhete é esquecida quando eu vou ao hospital na manhã seguinte. Você teve uma noite ruim. Inquieta, com dores, vômitos. A enfermeira lhe deu remédios extras e, segurando sua mão, pergunto: 'Você está com dor agora?'

'Não.' Um sussurro rouco.

Sentamo-nos um pouco em silêncio. O ar-condicionado é hoje

em dia extra barulhento. Você consegue levantar uma mão e acenar em direção à sua boca.

- Você quer um pouco de gelo?

Você faz um O com o dedo e o polegar, ou seja, sim, e eu trago um pouco do dispensador e o coloco entre seus lábios secos de uma colher de chá, lembrando-me de alimentar Meaghan quando bebê. A vida faz um círculo.

Após algumas colheradas, você solta um suspiro exausto e sinaliza que está pronto. Você me olha fixamente. Há um longo intervalo entre as respirações, e eu espero, contando as batidas. Odeio ver você sofrer... a pele encolhendo mais sobre seus ossos faciais a cada dia.

Parece estranho que você ainda esteja bronzeado, tenha tônus muscular nos braços, e esses belos dentes retos são brancos. Mas há três semanas, você era o melhor atacante de sua equipe de hóquei, competindo, correndo, andando de bicicleta e levantando pesos sem sentir que seu melanoma tinha metástase em seu cérebro e pulmões. Neste fim de semana, os Panthers jogarão nas semifinais sem você.

Volto a enfiar minha mão dentro da sua maior. Meu polegar está enrolado sobre o seu, acariciando sua pele suavemente. Eu não posso dizer as palavras, mas espero que você possa ler meu olhar.

Eu te amo. Eu estarei perdida sem você. Mas vá agora se você estiver pronto. Não fique por mim.

Uma almofada de reposição fica no final de sua cama. Estou tentada a pressioná-la sobre seu rosto e trazer sua liberação, mas não consigo ir em frente. Fico assustada quando você aperta meus dedos, agarra mais forte do que eu esperaria de um homem moribundo. Acho que você entendeu minha mensagem, talvez também meu impulso para ajudar sua passagem, mas você quer um pouco mais, também.

Esqueci a nota e não pensei nisso até voltar para casa novamente naquela noite.

'O que significa, Guy?'

Minha voz está bem alta na casa vazia. A nota me incomoda. Os pedaços que faltam em nossa vida, o abismo entre nós e minha consciência de como foram os últimos quatorze anos para vocês me incomodam. Eu continuo olhando através de seu estudo, sentindo-me como uma intrusa.

Passando por cima de suas estantes, chego a um grupo de romances que eram os livros escolares da Meaghan. Eu não tinha percebido que você os tinha guardado. Ela havia destacado alguns textos, comentários rabiscados na margem. Eu os li agora, ouvindo sua voz, sorrindo. Esqueci de comer, mas isso não é raro hoje em dia. Já é tarde - as horas desapareceram enquanto eu deslizava no velho mundo da Meaghan. Meu corpo está doendo para dormir, mas um romance permanece.

Abre-se em uma folha dobrada aproximadamente no meio do caminho. A mesma caligrafia da outra nota.

Lendo-o em voz alta, eu rio. 'Nerd. Você precisa de uma vida, Megs.' - Está assinado com um grande e florido coração de amor ao redor do nome do escritor. Eu abano minha cabeça dizendo "típico da Steph".

As meninas tinham sido melhores amigas desde sempre, como eu e Ebony, a mãe de Stephanie. Uma dor no meu peito me lembra tudo o que há no passado.

Foi tão difícil ver Ebony ou Stephanie depois de termos perdido Meaghan. Encontrei palavras de conforto quando Stephanie teve uma overdose um ano depois, mascarando o sentimento injusto e doloroso de injustiça. Se Stephanie ia tirar sua própria vida, por que Deus não poderia ter trocado seus lugares - deixou Meaghan a salvo e mandou sua amiga para o fundo do precipício?

Desde então, tenho me torturado. Ebony me afastou porque ela adivinhou meus pensamentos egoístas? Mas eu sei que a cunha entre nós surgiu antes da morte de Stephanie - então Ebony não conseguia lidar com meu sofrimento?

Você me manteve longe, Guy. *Para seu bem*, você disse, para impedir que eu tivesse outro colapso. Eu confiava que você estava certo. Mas eu realmente deveria ligar para ela e tentar novamente.

Um novo pensamento ataca. Stephanie escreveu essas palavras que *eu não posso mais fazer isso* em um pedaço de papel que você guardava na gaveta de sua mesa. Ela não deixou um bilhete de suicídio. Ou ela deixou? Se esta é a mensagem final dela, por que você a tem? Por que não os pais dela, Ebony e Logan?

O que me corrói no intestino pode ser a fome. Ou pode ser um sinal de alerta de que a dor, o medo e a dúvida estão se combinando novamente, e eu estou perdendo o controle. Você tem me avisado constantemente que minha saúde mental é uma coisa sempre frágil. Desta vez estou sem você para me ajudar a recuar, arranjar uma dose mais forte de pílulas felizes, pedir desculpas em meu nome. Isso me assusta tanto que desisto da ideia de ir para a cama e febrilmente reviro o seu escritório.

O problema é não saber o que estou procurando.

Durante toda a noite, procuro por qualquer outra coisa que não parece certa. Eu penso em seu laptop. Está no armário do hospício com sua bolsa de coisas pessoais: roupas que você usou no hospital, carteira, moedas, relógio, chaves, pijamas, roupas de reposição que você esperava usar ao voltar para casa. Você não pode usar o computador agora.

Preciso ver o que está nele, e entrar mais cedo do que de costume.

'Ele teve uma noite melhor.' diz-me a enfermeira. Ela tem olhos bondosos. 'Eu acabei de lhe dar um sorvete.'

Você está vivendo de mordidas de sorvete, bocados de chá adoçado, goles de limonada, lascas de gelo. Quanto tempo o corpo pode durar assim? Eu não gosto de perguntar, mas a enfermeira parece entender o que estou pensando.

'Ele poderia estar conosco por semanas ainda.' Sua palmadinha na minha mão é quente. Ela me observa chegar em seu quarto.

Seus olhos me seguem quando eu chego ao seu leito. Seu

olhar às vezes está vago, dopado no alívio da dor. Outras vezes, como hoje, ele procura algo em meu rosto. Não tenho certeza do quê. Talvez para lembrar como era a vida antigamente? Querendo garantias que eu não posso dar - que seu fim será um escorregamento pacífico e indolor para uma vida após a morte melhor? Perguntando por que os médicos não têm uma cura mágica?

Quero que você adormeça para que eu possa acessar seu computador. Penso em levar o laptop para dentro de sua suíte e colocá-lo em funcionamento, mas você reconheceria seu som inicial. Enquanto uma das enfermeiras está enchendo sua bomba de morfina, eu extraio rapidamente o laptop e o deixo junto à porta, coberto com meu casaco. Imagino reprovação em seus olhos quando volto para o seu lado.

No entanto, isso não me impede de levar o computador para casa ou ligá-lo.

Está protegido por senha, mas *Darcy&meaghan* me deixa entrar. Seu aplicativo de e-mail carrega um grande número de novas mensagens. Algumas pessoais, de gente que eu ainda não avisei sobre sua condição. Várias contas.

Lidar com isso tem prioridade e, em seguida, eu folheio as pastas de sua caixa de correio. Elas não revelam nada de notável. Nada chamado *Stephanie*, por exemplo.

Eu sei que estou transtornada. Por que eu li tanto em uma nota da melhor amiga de nossa filha? Você pode tê-la encontrado em um dos livros da Meaghan e empurrou-a em sua mesa sem pensar, talvez até mesmo sem olhar para ela. Talvez eu esteja nesta busca para não ter que enfrentar a perda de você.

É o que é, eu decido. Acabei vasculhando o resto de sua nova correspondência e pulo para conclusões sobre o porquê de você ter esvaziado sua pasta *Excluídos* antes de ir para o hospital, mesmo que ambos esperássemos que você voltasse para casa.

De repente, a casa está sufocando e algo há muito esperado é urgente. Estou em piloto automático enquanto dirijo várias ruas de distância. Estou na porta da frente sem me lembrar de desligar o carro, deixá-lo, trancá-lo.

Logan responde. "É tarde, Darcy".

Eu tenho a sensação de que ele quer dizer que *é tarde demais.*

'Eu preciso vê-la.'

Ele não promete nada e volta a entrar na casa, puxando a porta. Ele tranca. Há vozes levantadas e um silêncio antes que os passos se aproximem.

Ebony abre a porta. Ela não me convida a entrar.

Nenhuma palavra parece ser suficiente, mas eu tento. "Sinto muito não ter sido uma boa amiga".

Um olhar estranho cruza o rosto dela. Ela dá de ombros.

'Podemos conversar? Corretamente, quero dizer? Lá dentro? Ou algo assim?' Sinto-me enganada apesar de ter sido eu quem deu o primeiro passo.

Seu olhar é triste, mas há mais. Uma cautela? O que fizemos com nossa amizade?

Ela diz: 'Provavelmente é melhor se não o fizermos.'

'Por quê?'

Ela abana a cabeça e vai fechar a porta.

Eu a bloqueio, registrando vagamente a dor enquanto ela atinge meu antebraço. 'Não entendo.'

'Você escolheu.'

'O que você quer dizer? Eu não...'

'Pergunte ao Guy.' O rosto de Ebony está vermelho, seu pescoço inchado.

'Não posso.' As palavras sufocam. 'Ele está morrendo. Câncer.'

Ela diz sem rodeios: 'Mais morte.'

Fico chocada e não reajo quando ela empurra meu braço para longe e bate à porta. Em uma neblina cerebral, eu de alguma forma funciono o suficiente para dirigir de volta ao hospital. Eu não troco palavras com a enfermeira e vou direto para o seu quarto.

'O que ela quer dizer, Guy?' Pergunto a você, depois de deixar escapar as palavras cortantes de Ebony.

Seus pés se mexem debaixo do cobertor. Injustamente, me passa pela cabeça que é um momento conveniente para sua voz e seus gestos de mão não funcionarem. Você pode evitar explicações. Você odeia conflitos. A culpa corre sobre mim e eu me sinto enjoada. Pouco tempo nos resta - semanas, dias, horas ou minutos, quem sabe? Deveríamos estar aproveitando ao máximo.

'Sinto muito, Guy.'

Sua testa é lisa. Eu coloco minha cabeça no trilho da sua cama. O colchão de ar suspira para fora. Olho em seus olhos, esperando que você veja meu amor e acredite que eu o deixei ir.

Eu tento.

Eu sento com você por mais duas horas, conversando suavemente, e não chegarei perto de seu escritório quando eu voltar para casa. Eu passo através da sala de estar, sabendo que esta zona compartilhada contém apenas os detritos comuns de um casal de ninho vazio.

Minhas melhores intenções duram para aquela noite e para o dia seguinte, mas enquanto me sento com você à tarde, minha mente se preocupa com o bilhete de Stephanie e com a rejeição de Ebony. Posso pensar em pouco para dizer hoje, mas fico até o meio da noite, depois demoro a voltar para casa, indo para a cafeteria do hospital principal para uma refeição.

É uma caçarola de carne; pelo menos alguns legumes reconhecíveis, arroz - tenho sorte em conseguir isso, pois estão fechando a seção de alimentos quentes para a noite. O café é bom, forte e vaporoso, e eu vigio as pessoas.

Durante o dia, a cafeteria se sente quase alegre, cheia do barulho e da azáfama que falta na unidade de cuidados paliativos. Agora, há pessoal em pausas tardias, cansaço colocado em filas em seus rostos. Uma mulher vestindo um vestido de hospital e um lenço de cabeça está na mesa ao meu lado, um poste IV sobre rodas ao seu lado, e três pessoas que têm uma semelhança marcante sentam-se com ela, rindo, mas tensas. Um homem mais velho olha para a distância, sozinho como eu. Reconheço os hematomas roxos sob seus olhos - o cansaço acrescenta uma tonalidade mais profunda aos meus a cada dia. Um jovem casal se amontoa, com as mãos enroladas em copos de café. Ela está chorando, e eu imagino a história deles: seu bebê nos cuidados neonatais, ou um de seus pais na UTI.

Os visitantes não estão aqui tão tarde por razões de felicidade. Podemos comparar nossa tristeza e nossos desafios com os dos outros? Talvez eu seja um dos sortudos porque você e eu tivemos trinta e quatro anos juntos e ainda nos resta um pouco de tempo?

Eu não me sinto com sorte. A dor me ensopa no estômago e não consigo terminar minha refeição. Devo voltar para o seu quarto e passar a noite na poltrona reclinável?

Eu coço nos nós dos dedos, comichão na pele devido à constante sanitização: ao entrar no hospital, depois de assoar o nariz, antes de tocar a máquina de gelo, antes e depois de ir ao banheiro.

O lar tem pouco apelo, mas é melhor que o hospício.

Estou cansada, mas não vou dormir bem combatendo minhas preocupações. O passado -Meaghan, Stephanie, Ebony, meu esgotamento - e o que está por vir - a sua passagem e todas as coisas com que terei que lidar sozinha.

Tínhamos imaginado mais duas crianças depois de Meaghan e sobrecarregamos nosso orçamento para comprar esta casa com quatro quartos e três áreas habitáveis, em sua grande quadra em uma boa zona escolar. Mas não podíamos engravidar novamente, então perdemos Meaghan e logo você também terá ido embora.

Levará meses para percorrer cada quarto, a garagem e o barracão do jardim, doando algumas de suas coisas para nossa família e seus amigos, doando outras para a caridade. Isso me dará algo para preencher meu tempo fora do trabalho, mas pouco fará para preencher o buraco no meu coração.

Sei que a casa é muito grande apenas para mim, mas é onde éramos mais felizes como casal e como família, e ela guarda lembranças maravilhosas. Melhor enche-la com cães e gatos de resgate do que mudar-se? Outra coisa para se pensar.

Eu vou ao seu escritório e verifico seus e-mails, depois ando à deriva pela sala olhando as fotos e obras de arte que você tem em exposição. Minha cabeça está muito pesada, dor de cabeça, e eu a encosto contra a parede, batendo em seu diploma emoldurado. Ele cai de cara para baixo, estilhaçando o vidro no chão. Fragmentos penetraram em minha pele enquanto eu a recuperava, verificando se havia danos além do vidro. Ao virá-lo, vejo algo colado no encosto. Um envelope comum, exceto que não pode ser tão comum se for secreto, não é mesmo?

Meus dedos desajeitados o arrancam e abrem. Dentro está outra folha forrada com a caligrafia de Stephanie. O pavor faz meu estômago dar um mergulho.

Ela tinha escrito quatro palavras: *Eu mantive nosso segredo.*

Que segredo?

O silêncio é minha resposta.

'Segredo de quem, Guy? Da Meaghan? Ou o seu?'

Minha garganta se aperta. Eu me aperto no peito contra a sensação de estar caindo, com as pontas dos dedos pulsando com o bater do meu coração sob minha pele. Lutando para respirar.

Eu imagino você e as meninas. Stephanie estava em nossa casa todos os dias e você tratou as duas garotas como irmãs, igual para sua atenção. Você as ajudou com os deveres de casa, as transportou para a netball, foi mais paciente do que Ebony ou eu quando se tratava de comprar vestidos ou sapatos especiais, o que nos deu uma boa risada. Você se esquivou das birras delas, mas estava sempre pronto com o kit de primeiros socorros.

Eu pensava que Stephanie era a segunda filha que nunca tivemos. Mas isto me diz que ela não era.

Eu penso em Ebony ontem. Sua expressão, suas palavras. Eu

preciso saber o que ela quis dizer. O que ela sabe. E depois estou de volta à sua porta, sem saber de nada do meio.

'Por favor, Logan.'

Ele vacila. Eu segurei sua mão com muita força.

'Eu preciso falar com ela.'

Ele pressiona os lábios juntos, depois empurra a porta e me empurra para dentro. Ele faz café enquanto eu e Ebony nos sentamos à mesa da cozinha.

Ninguém fala até que Logan se mude para a porta. 'Vou deixá-las sozinhas.'

Ele dá a Ebony um olhar afiado que eu leio como, *ouça-a*.

'O que aconteceu conosco, Ebs?'

Seus olhos se enchem de agua. O silêncio paira por tanto tempo que eu acho que ela não vai responder. Então ela murmura: 'Você disse que não queria mais me ver.'

Desde a morte de Meaghan e meu colapso, tem havido coisas que eu não consigo imaginar ou lembrar de fazer que você teve que me dizer que eu fiz, Guy. Atos de uma mulher egocêntrica, não confiável e escamosa. Mas isto é inacreditável. E eu me lembro disso de maneira diferente.

Eu sacudo minha cabeça.

Ebony suspira. 'Eu queria muito de você. Eu estava me apoiando em você, gastando sua energia, e não havia nada além do passado entre nós... essa é a mensagem que você me enviou através de Guy.'

'Não,' eu a cortei. 'Ele disse que *você* queria que eu a deixasse em paz. Você não suportava me ter por perto.'

'Eu nunca diria isso, Darcy.'

Nós nos agarramos à mão uma da outra. Penso nas anotações de Stephanie, escondidas por você, e no que eu suspeito. Será que ela sabe mais?

'Tenho tantas saudades das duas.' Os olhos dela transbordam e as lágrimas se espalham pelo rosto dela.

Eu mantive nosso segredo. Qualquer que tenha sido esse segredo, Ebony nunca poderá descobrir.

Conversamos por horas. Sobre nossas meninas, sobre nós como meninas. Nosso foco são as lembranças felizes, até que o rosto de Ebony se enche de nuvens.

'Ela estava saindo com alguém, Darcy.'

Meu coração batia. *Alguém* implica que ela não sabe quem.

'Um homem mais velho. Casado.'

'Como você sabe?' Por incrível que pareça, minha voz parece normal.

Um sorriso nos lábios. 'Você apenas sabe, quando é sua filha, não é mesmo?'

Eu sempre soube quando Meaghan tinha uma nova paixão ou estava passando por uma separação, como as relações no colegial. E não se limitava apenas a essa parte de sua vida - eu gosto de pensar que intuí todos os seus altos e baixos.

'Sim.' eu concordo.

Steph ficou com o coração despedaçado quando Megs morreu. Foi como se parte dela também tivesse morrido naquela época. O resto dela foi um ano depois.

A culpa provavelmente agravou a dor de perder sua melhor amiga. Não posso deixar de considerar se ela poderia ter tido remorsos por algo além de ter dormido com você, Guy.

Eu imagino Meaghan sem vida nas rochas, e pulo quando meu celular toca dentro de minha bolsa de mão. Desenterrando-o e lendo um número desconhecido, meu pulso está nervoso, com as mãos trêmulas - a reação habitual de Pavlov às chamadas telefônicas desde seu diagnóstico. Seu fim está próximo? Você já se foi?

O calor se espalha através do meu corpo, enxaguando meu rosto e pontilhando minha testa com transpiração. Não é um choque ou medo ou uma descarga menopausal. É raiva na expectativa de que você tenha me derrotado até a verdade.

'Sra. Moordish?'

'Sim.'

'Como você está hoje à noite?' A voz masculina é falsa, suas palavras são escritas com scripts.

'Quem é?'

Sua resposta é convoluta, algo sobre coisas boas em andamento para os jovens sem-teto de Melbourne. Ele eventualmente faz um lançamento em nome de uma instituição de caridade à qual eu já doei antes, e finalmente consigo falar uma palavra. 'Não é um bom momento. Meu marido está morrendo.'

Ele pede desculpas enquanto eu desconecto.

Ebony e eu retomamos nossa conversa, conversamos até a meia-noite e nos comprometemos a nunca mais perder o contato. Quando vou para casa, consigo dormir bem, para variar.

Eu não tomo café da manhã, me visto, dirijo e estaciono, ordenando minha mente. Ao caminhar até a entrada do hospital, a geada brilha no gramado sob o sol quente sob um céu azul. A manhã brilhante da primavera choca com meu estado de espírito.

'Ele teve uma boa noite.' me diz a enfermeira.

Eu aceno e sorrio.

'Ele está falando esta manhã.' Ela se inclina para dentro. 'Eles fazem isso... têm dias em que quase podemos imaginá-los voltando para casa. Eles podem aguentar semanas, meses, e seu marido estava tão em forma e forte antes, não estava?'

Eu faço novamente minha rotina de aceno e sorriso, e ela se afasta com sua prancheta.

Em seu quarto, eu estou falsamente alegre. Coloquei seu CD favorito - 'Hidden Things', de Paul Kelly e The Messengers. Você aperta minha mão quando eu me sento. Um aperto forte e seco, com sentimento.

'Você parece bem.' Sua voz está rouca. Eu te dou um pouco de gelo.

Nós falamos, ou principalmente eu falo, coisas inconsequentes circulando nas memórias. Seus olhos são claros e focados. Agora ou nunca.

'Vou lhe contar uma história, Guy. Conte-me o que você pensa.'

Um franzir a testa entre as sobrancelhas.

Eu suavizo meu tom. 'Havia um homem que amava muito sua esposa e sua filha. Ele e sua esposa queriam mais filhos, mas não era para ser, e a amiga do jardim de infância da filha gradualmente se tornou parte da família, como outra filha.'

Uma pausa paira, então eu acrescento, 'Vamos chamá-la de Jayne.'

Não sei se você se lembra do nome do meio de Stephanie, mas seus pés se mexem sob o cobertor leve. Os dedos dos pés descalços se movem para fora. Eu os cubro e continuo.

'Jayne se tornou um adolescente confiante, inteligente e atraente. De alguma forma, um dia, a relação entre o homem e Jayne mudou. Eu diria que *se tornou romântica,* mas isso glorifica o estupro estatutário, não é, Guy?'

Você gesticula para sua boca. Eu dou mais gelo, depois fico onde temos contato visual direto.

'Não, não é...'

Eu aperto um dedo em seus lábios rachados. 'Shiu. É a minha história.'

Mais balanços de pés.

'Acho que a filha do homem descobriu e as meninas brigaram, e tragicamente a filha caiu para a morte.'

Todas as cores drenam de seu rosto. Minhas palavras estão atingindo o alvo. Falar de forma abstrata ajuda. É a família e o desgosto de outra pessoa que estou descrevendo.

'Jayne guardou seus segredos - a ligação sexual, a luta, a maneira como sua amiga morreu - até que ela não conseguiu mais lidar com isso. Pode-se dizer que o homem foi moralmente responsável pela morte de ambas as meninas. *Pelo menos.*'

Suas mãos estão torcendo no meio do ar.

'Como está minha história, Guy?'

Olhamos um para o outro. Eu balanço minha cabeça.

'Oh, é verdade. O homem não sabia o quanto sua jovem vítima havia contado à mãe dela, a melhor amiga de sua esposa, por isso era imperativo que elas fossem mantidas separadas. Ele brincava particularmente com o colapso anterior de sua esposa, pois a manipulava de forma sutil e sistemática durante muito tempo. Fez com que ela questionasse sua própria mente e se tornasse dependente dele. A maior parte funcionou. Ela acreditava que sua amiga não queria ter nada a ver com ela e, sem essa amizade vital, ela se desligava. Ela se desempenhou em seu trabalho, mas só isso.'

'Eu –'

'Você o quê?' Minha voz é dura. 'Sente muito?

Você tenta me alcançar novamente, e eu me retiro. Seus olhos brilham de lágrimas.

'Dormi bem ontem à noite. O primeiro bom sono em semanas. Depois, nesse estado entre o sono sólido e o despertar, imaginei minhas opções.'

Aponto duramente: 'Você está morrendo, então não vale a pena envolver a polícia - nunca chegaria ao tribunal. E não vou ferir Ebony e Logan mais do que o que suas ações já fizeram.'

Você geme.

'Há alguns dias, eu me perguntava se eu tinha a força interior para colocar uma almofada sobre seu rosto para parar seu sofrimento. Esta manhã, pensei em uma almofada sobre seu rosto para *fazer* você sofrer - e eu poderia fazer isso também. Mas o amanhecer se rompeu e eu fiquei ali deitada pensando um pouco mais.'

'Celo...por favor,' você implora.

Eu rio; de mim não haverá mais nada disso.

'Decidi que minha melhor vingança é deixar você saber que sei o que você fez e o que você causou.'

Eu dou um sorriso sombrio.

'Uma mãe sabe, Guy. Você me deixou pensar que eu estava louca. Você provavelmente preparou meu colapso quando eu estava certa o tempo todo: A morte de Meaghan não foi um simples acidente. Você tomou a decisão de fazer o que fosse preciso para me impedir de investigar e encontrar a verdade.'

Desacelerei, enfatizando: 'Mas agora eu encontrei.'

Você respira com dificuldade e solta o ar.

'Espero que leve semanas para você definhar e espero que seja excruciante.'

Você faz uma série de inalações e exalações trêmulas.

'Só posso esperar que nossa Meaghan não tivesse ideia do seu caso com Steph até o dia em que elas lutaram, e o que ela passou foi rápido - embora não possa ter sido indolor.'

Você vacila e grita, angustiado. Ótimo.

'Não foi rápido para Steph, Ebony, Logan ou para mim. E é por isso que eu virei todos os dias para ver sua miséria.'

Espero que o colchão de ar preencha e me inclino para sussurrar: 'Você está morto para mim.'

Caro leitor,

Esperamos que você tenha gostado de ler *Assassinato Entre Nós*. Reserve um momento para deixar uma crítica, mesmo que curta. A sua opinião é importante para nós.

Atenciosamente,

Sandi Wallace e Next Chapter Team

Você também pode gostar:
Diga-me por quê, por Sandi Wallace

AGRADECIMENTOS

Primeiro, um agradecimento sincero para vocês, meus queridos leitores. Suas maravilhosas mensagens, e-mails e resenhas me mantêm escrevendo. Eu adoraria que vocês se juntassem a mim no Facebook e no Instagram ou seguissem meu site.

Só quando comecei a entrar em pequenas histórias de crimes em concursos é que percebi como o ofício é desafiador - e como ele pode ser divertido e viciante. Portanto, sou grata por concursos como o Sisters in Crime Australia's Scarlet Stiletto Awards pela oportunidade de aprimorar minhas habilidades em contos. Desde que ganhei minha primeira Scarlet em 2013, passei a ter uma série de thrillers de crimes rurais e dois volumes de contos de crimes curtos publicados, e colecionei mais prêmios para minha ficção de curta e longa duração. Não há como negar a inspiração para continuar fazendo o que eu amo que cada uma dessas honrarias me presenteou.

Meu apreço também vai para Judy Elliot, Raylea O'Loughlin e Sharon Gurry que generosamente dão seu feedback sobre as primeiras versões de meus contos e romances, e para Marianne

Vincent por seu olhar atento sobre esta coleção. E, é claro, os meus sinceros agradecimentos à equipe do Next Chapter.

Sempre por último, mas nunca menos importante, aplaudimos Glenn.

SOBRE O AUTOR

Sandi Wallace está viciada em ficção criminal e sonhava em ser uma escritora de crimes desde os seis anos de idade, e agora vive esse sonho. Ela está atualmente trabalhando em um thriller psicológico autônomo... quando as ideias para uma pequena história de crime ou um novo thriller de crime rural não estão chamando sua atenção. Sandi ama a vida na deslumbrante Cordilheira Dandenong fora de Melbourne com seu marido.

Conecte-se com a Sandi em

www.sandiwallace.com
www.facebook.com/sandi.wallace.crimewriter
www.instagram.com/sandiwallacecrime
www.pinterest.com.au/sandiwallace_crimewriter/

Assassinato Entre Nós
ISBN: 978-4-82410-605-6

Publicado por
Next Chapter
1-60-20 Minami-Otsuka
170-0005 Toshima-Ku, Tokyo
+818035793528

15 setembro 2021

www.ingramcontent.com/pod-product-compliance
Lightning Source LLC
LaVergne TN
LVHW091423190726
843491LV00006B/1569

9784824106056